14
異世界に飛ばされたおっさんは何処へ行く？
Where is Ossan going in another world?
シ・ガレット
ci garette

目次

主な登場人物
タクマ
異世界に飛ばされてきたおっさん。趣味を楽しみながら異世界を旅する。
クレナイ
鵺《ぬえ》の双子の兄。わんぱくな性格。
ヨイヤミ
鵺《ぬえ》の双子の弟。内気な性格。

大《おお》口《くちの》真《ま》神《がみ》
タクマと縁の深い
日本の神様。
ヴァイスの実父。
キーラ
魔族の
リーダーの女の子。
小悪魔な性格。
タクマの仲間達
ヴァイス
ゲール
アフダル
ネーロ
ジュード
ブラン
レウコン
ナビ
アルテ
ヴェルド

第❶章

新たな相棒たちの因縁

1　監視《かんし》じゃないよ、お隣さんです

異世界ヴェルドミールに飛ばされてきたおっさん、タクマ。

ひょんなことから魔族《まぞく》の族長の女の子・キーラと知り合ったタクマは、他種族から差別を受ける魔族を救うため、彼らを自分の家のある湖畔《こはん》に移住させて友好関係を築こうと思いついた。

だがタクマの思いとは裏腹に、魔族たちの人間への不信感はすさまじく、まったくタクマの話を聞き入れない。そこでタクマはこの場をキーラに預け、いったん集落の外で待機すると決めた。

今はキーラが魔族たちに、「タクマの提案を聞くように」という説得を試みている最中だ。

◇　◇　◇

つい数時間前、タクマはスミレという精霊《せいれい》と契約した。そして彼女の能力の補助のもとで練習を行い、垂れ流し状態だった魔力が制御《せいぎょ》できるようになった。

(タクマ、練習は成功した？　キーラと魔族たちの話し合いは終わったわよ)

魔力制御の練習を終えて休憩していたタクマに、精霊王・アルテから念話が届いた。

アルテによると、キーラの必死の訴《うった》えが通じ、魔族たちはタクマの提案を聞いてくれる気になったのだという。

(じゃあ、そっちに向かってもいいか?)

(ええ。魔族たちも全員、タクマから移住についての話を聞きたいって言ってるわ)

タクマは練習をしていた場所の片付けをし、魔族の集落に戻ると決める。

「じゃあみんな、集落に行くぞ」

タクマがそう言うと、その場にいた全員——タクマに加え、スミレ、タクマの長年のサポート役の精霊・ナビ、魔道具ゲートキーパーに宿《やど》る精霊・イーファ、エルフの赤ちゃん・ユキ、狼《おおかみ》の姿をした日本の神・大口真神《おおぐちのまがみ》、そして守護獣《しゅごじゅう》たちが表情を引き締めた。

タクマが空間跳躍を使うと、一行《いっこう》は一瞬で魔族の集落に移動する。

「うおっ!」

「嘘《うそ》だろ!? 空間跳躍!?」

「魔力の気配を感じなかった!!」

集落で待っていた魔族たちは、突然現れたタクマたちの姿を見て口々に言う。

「待たせたな。話を聞く準備が整ったらしいから戻ってきた」

タクマは驚く魔族たちの反応をスルーし、早速《さっそく》、移住についての説明を始める。

「キーラから聞いていると思うが、俺がここに来た理由は、魔族の集落ごと、俺の住んでいる場所へ移住しないかって提案しようと思ったからだ。ただ、先に言っておくが強制じゃない。来たくないというならそれでもいい」

タクマの意図はとてもシンプルだった。魔族というだけで差別されることのない場所で、穏やかに暮らさないかと訴える。

「幸い、俺の家族は差別とは無縁だからな。きっとうまくやっていけると思うんだ」

魔族はタクマの話に真剣に聞き入る。彼らの人数は、タクマが最初集落にやって来た時の二倍ほどに増えている。これが魔族の集落の人数すべてであり、中には小さな子供たちも交ざっていた。

「キーラは俺の奥さんや子供に会ったけど、差別なんてなかっただろ？」

タクマはキーラに話を振った。タクマの家族と実際に触《ふ》れ合ったキーラの感想を話すのが、魔族たちにとって一番説得力があると思ったからだ。

タクマの言葉を聞き、キーラが口を開く。

「そうだね。タクマさんの家族に、魔族を差別する人はいないと思ったよ。むしろ自分たちと変わらない存在として認識しているという感じだった」

「口を挟んですまん」

その時、魔族の男性・ディオが、話に入ってきた。

「別に俺たちはタクマさんの言っていることを信じていないわけじゃない。だが、ナーブの件があってから間もないし、他種族の者たちと一緒に暮らしてうまくいくか不安なんだよ。差別がなくても、文化の違いがあるだろうし……」

ナーブというのはパミル王国の貴族だ。魔族の血があれば不老不死《ふろうふし》の薬を作れると信じ込み、先日、この集落を賊《ぞく》に襲撃させた悪党である。そのことに怒ったキーラは一人でパミル王国の王都に乗り込み、ナーブに報復を行ったばかりだ。

タクマはディオの不安に理解を示しつつも、説明を続ける。

「ディオの不安はもっともだが、俺のところは種族や文化による垣根《かきね》なんてないんだ。なにせ多種多様な種族が、家族としての絆《きずな》を持って生きているからな。それに種族や文化の違いがあったとしても、魔族たちに今までの生き方を変えろなんて言う気はない。魔族のみんなの住む場所を、俺の貰《もら》った土地に変えないかってことなんだ。つまり近くに住んで、いい隣人にならないか？」

ディオはタクマの言葉に目を丸くして驚く。まさか魔族である自分たちといい隣人にならないかなどと提案してくるとは思わなかったからだ。ナーブへの復讐《ふくしゅう》を行った自分たち魔族を、タクマは監視したいのではないか？　ディオはそう勘《かん》ぐっていた。ところがタクマは、単なる隣人が欲しいだけだと言ってのけたのだ。

更にタクマは、ディオたち魔族にとって決め手となる一言を発する。

「どうだろう。お試し期間として、数日間だけでも俺の土地で暮らしてみないか？　暮らしてみて駄目なら、責任を持って俺がこの集落に送り返すよ。実際に体験してみれば、俺の家族がどういう雰囲気か分かると思うしな」

　この言葉を聞き、ディオは自分の後ろにいる魔族たちに目を向ける。すると、他の魔族たちは一斉に頷《うなず》き、タクマの提案を受け入れる姿勢を示した。

　魔族たちの意思を確認し、ディオはタクマに言う。

「分かった。タクマさんの提案を受け入れて、移住できそうか試したいと思う」

「そうか。了承してくれてありがとう。じゃあ、移住にあたっての準備を進めておいてくれ。そうだな……二日後の朝に迎えに来るっていうのでどうだ？」

「了解した。それまでに準備を進めておこう。ところで、一つ質問してもいいだろうか」

「ああ、なんでも聞いてくれ」

　快《こころよ》く応じたタクマに、ディオは真っ向から尋ねる。

「あんたは俺たちに何か要求するつもりで、こんないい条件を提示したのか？」

　自分たち魔族を、ナーブのように利用するつもりでいるなら、命を賭《と》してでも阻止しなければならない。ディオはそう思っていた。

　だが、タクマはあっさりと答える。

「何もする必要はない。たぶん変な想像をしているんだろうが、それは考えすぎだ。普通に暮らしてくれたらそれでいい」

　つまりタクマは、魔族たちを集落ごと差別のない場所に移住させるという好条件を、なんの見返りもなく提示してきたのだ。そのことを理解し、ディオは再び驚いたのだった。

2　お家《うち》で待とう

ここは、地方都市トーランの領主・コラルの屋敷。そこにはタクマの妻・夕夏《ゆうか》と、タクマが保護している孤児の子供たちが滞在している。

夕夏はコラル邸《てい》の庭で遊ぶ子供たちを見ながら、考え事をしていた。

コラルは快く夕夏たちを屋敷に置いてくれてはいる。だが、どうにも落ち着かない。子供たちの様子を見ていても、湖畔の家が恋しいと思っているようにも感じられた。

最初、夕夏たちがコラル邸にやって来たのは、危険なダンジョンに向かったタクマの安否を確認するためだった。そのまま今も滞在し続けてしまっているが、本来の目的はすでに達成されている。となるとあまり長居するのも、忙しいコラルの邪魔になるのではないかと、夕夏は心配になってきた。

「うーん。勢いで泊めてもらっちゃったけど、みんなをつれて帰ろうかしら。コラル様にはお仕事があるし、いつまでもお邪魔するのも……」

そう夕夏が呟《つぶや》いたのを、後ろに控えていた使用人の女性が聞いていた。

使用人の女性は、優しい笑みを浮かべて頭を下げる。

「あの、夕夏さん。お気になさらなくて大丈夫かと思いますよ。コラル様からは丁重《ていちょう》におもてなしするように言われています。気楽にお過ごしいただけたら幸いです」

「あははは……聞こえちゃいました？　ごめんなさい。別にここにいるのが嫌なわけじゃないんです。ただ、私は平民ですし、ちょっと恐縮してしまって……それに彼――タクマの無事も確認できましたし、お言葉は嬉しいのですが、そろそろお暇《いとま》しようかと思います」

夕夏が気まずそうに謝りながら言うと、使用人の女性が提案する。

「そうですか。では、昼食を召しあがった後にお戻りになられてはいかがでしょうか。厨房《ちゅうぼう》で食事の準備をすでに始めているようなので」

使用人の女性の話すところによると、コラル邸の料理人たちは、食べ盛《ざか》りの子供たちのために張りきって腕をふるっているそうだ。子供たちがなんでも美味《おい》しそうに食べてくれるので、作り甲斐《がい》があるということらしい。

「……そうですね。そういうことなら、ごちそうになります」

料理人たちの厚意を知ると、夕夏もすぐに帰りたいとは言えなかった。そして使用人の女性の提案通り、昼食を終えてから帰宅することに決める。

そのすぐ後、夕夏は子供たちを集め、昼食後に湖畔に戻ると説明した。

夕夏の話を聞いて、子供たちのうちの一人が尋ねる。

「おうちにかえるの？」

「そう。タクマお父さんの無事も分かったし、湖畔に戻ろうと思うの。お昼ご飯を用意してくれているそうだから、いただいたら帰りましょう。みんなそろそろ湖畔の家の広いお庭で、思いっきり遊びたいでしょ？」

子供たちは顔を見合わせてから、一斉に夕夏に頷いてみせる。

「わかったー！　ぼく、おうちにかえる！　おとうさんもげんきだったからかえろー」

「わたしも、こはんのおうちでみんなとあそびたい。おとうさん、おうちでまつのー」

夕夏は笑みを浮かべ、子供たちの頭を撫《な》でる。

「みんな、ありがとう。それじゃあ、お父さんが一番安心するお家で待っていようね」

子供たちは撫でてもらいながら、目を細めて嬉しそうな顔をする。それから遊びの続きをするために、再び庭へ駆けだしていった。

◇　◇　◇

「そうか……自宅に戻ると？」

コラルは自室で、使用人の女性から夕夏たちの帰宅について報告を受けた。

コラルには、夕夏がコラルを気遣って帰宅を決めてくれたのがすぐに分かった。そして夕夏たちが、貴族である自分の屋敷では寛《くつろ》げないであろうことも察せられた。

「夕夏さんの思うようにしてもらってくれ。それと、昼食には私も参加しよう」

「分かりました。そのように準備を進めます」

報告に訪れた使用人の女性は、そう言って部屋から退出していった。

一人になったコラルは、仕事で凝《こ》り固まった体を伸ばしながら呟く。

「やはり自宅に勝るものはないか……子供たちの元気な声を聞いていると、不思議と疲れも感じないのだが……」

もともと子供好きなコラルは、タクマの子供たちと触れ合う時間を密《ひそ》かな楽しみにしていた。タクマの子供たちはコラルに対しても物怖《ものお》じせず、普通のおじさんのように接してくれる。それがとても心地良く、新鮮なものだったからだ。

「さて、お別れの前に楽しんでもらわないとな」

コラルはそう口にしながら自室を出るのだった。

◇　◇　◇

夕夏は庭で遊ぶ子供たちを微笑《ほほえ》ましい気持ちで眺めていた。だが昼食の時間になったのに気付き、子供たちに声を掛ける。

「みんな、こっちに来てくれるかしら」

「なーにー？　おかーさん」

「いっしょにあそぶー？」

元気な様子に癒《いや》されつつ、夕夏は彼らに指示を出す。

「昼食の準備ができたみたいだから、そろそろ遊ぶのは終わりね。みんな、井戸を借りて手を洗ってきて。あ、うがいも忘れずにね」

「「「はーい！」」」

子供たちは元気な声で返事をすると、使用人の女性のところに走っていく。

「おねーちゃん！　おててあらってうがいしてくる！」

「いどをかしてほしいの！」

「え!?　手!?　ああ、手洗いですか？　どうぞご自由にお使いください」

「「「はーい！」」」

子供たちは再び元気な返事をすると、今度は井戸に向かって走っていった。

びっくりしている様子の使用人の女性に、夕夏が声を掛ける。

「すみません、子供たちが騒がしくて。呼びに来てくださったんですね」

夕夏がすまなそうな表情を浮かべていると、使用人の女性は首を横に振る。

「子供が賑《にぎ》やかなのは当たり前ですから、そう恐縮なさらないでください。それに主《あるじ》のコラルも、お子様たちの元気な声を聞くのが心地良いと申していました」

子供たちの声が邪魔になっていないか心配していた夕夏は、使用人の女性の言葉に驚く。

だが使用人の女性が言うには、子供たちが来てから、コラルの仕事が捗《はかど》るようになったらしい。

「そうなんですね……それを聞いて安心しました。あの子たち、いつもよりは大人しくしているんですけど、それでも元気が余っているもので……」

「いえいえ、あの子たちにはこの屋敷の庭では狭いのでしょう。普段、湖畔で思いっきり遊んでいるなら仕方ありませんよ」

使用人の女性は、そう言いながら井戸に目を向ける。子供たちは仲良く井戸の周りに並び、手を洗っていた。

その光景を見て、使用人の女性は気になっていたことを夕夏に尋ねてみる。

「それにしても、お子さんたちはみんなしっかりしていますよね。挨拶もそうですが、食事のマナーなども素晴らしいです。厳しい躾《しつけ》をなさっているのでしょうか？」

子供たちは誰に対しても欠かさず挨拶をする。それに食事の時も、口にものが入ったまま喋《しゃべ》るといった幼い子にありがちな行動もなかった。

夕夏は笑いながら質問に答える。

「躾？　そんな大したことはしてませんよ。あの子たちに言っているのは『挨拶をする』『人の嫌がることはしない』っていう最低限のことです。あとはよく遊び、よく学び、友達は大事に……といった最低限のことを教えているくらいで、厳しい躾なんてしてません」

使用人の女性は、子供たちの人懐《ひとなつ》っこさを思い浮かべながら感心する。

「素晴らしい教えだと思います。きっと立派な大人になるのでしょうね」

そう褒《ほ》められた夕夏は照れながらも、嬉しそうな表情になる。

「ええ、そうなってくれると私もタクマも嬉しいです……あ、子供たちが待ってますね。私も手洗いとうがいを済ませてきちゃいます」

井戸の側《そば》で手を振っている子供たちに気付いた夕夏は、彼らに手を上げて応える。そして使用人の女性との話を切りあげ、子供たちの方へ歩きだした。

◇　◇　◇

コラル邸の食堂に、子供たちの元気な声が響く。

「「「いただきます！」」」

両手を合わせてから食事を始める子供たちを、コラルと夕夏はニコニコしながら眺めている。

子供たちは余計な音を立てることなく、楽しそうに食事をしている。

そんな子供たちの様子を目の当たりにして、コラルは感心しながら言う。

「貴族と遜色《そんしょく》ないマナーのよさだ。いや、貴族の子供たちでもこうはできん。何より素晴らしいのは、貴族の子供たちと違って食事を残さないところだ。この世界の貴族たちは、自らの富を誇《ほこ》るためにわざと食事を残すが、丹精《たんせい》込めて準備した使用人たちにとっては、気分のいいものではないだろうからな」

使用人の女性に続いてコラルからも子供たちを褒められ、夕夏ははにかみつつも微笑む。

「夕夏さんたちがもともといた世界では、これが当然なのか？」

「いいえ、コラル様。私たちがいた国は少し特殊かもしれません。日本では箸《はし》という食器を使って食事するのが一般的です。ただ日本では礼儀作法が大事にされているので、一般家庭や学校で食事のマナーや、他国の食器であるフォークやナイフの使い方を学ぶ機会を与えられているんです」

夕夏の話を聞いたコラルは、目を丸くする。

「なんという教育レベルの高さだ……勉学だけでなく、マナーまで高水準で学べるというのか」

夕夏は更に言葉を続ける。

「自分の国の一般常識や勉学の基礎は、六歳から十二歳までの初等教育を施《ほどこ》す学校で教えてもらえます。更にそこからレベルを上げるために、十五歳まで通学することが義務とされているんです。すべての子供たちに、教育を受ける権利があるんですよ」

その言葉を聞いたコラルは、タクマたちを含めた転移者たちの施された教育というものが、どれほどヴェルドミールとかけ離れているかを痛感した。

（そこまで国が面倒を見ているのか……だから日本の転移者や召喚者は高い教養を持っていたのだな……なんという文化レベルの高さだ）

コラルはそう考えながら愕然《がくぜん》とする。

夕夏はコラルがショックを受けている様子を見て、日本のことを話しすぎたと後悔した。

そもそもまったく別の世界である日本と、このヴェルドミールの文化レベルを単純に比較することはできないだろう。夕夏はそう考えて、子供たちを褒められた嬉しさのあまり、つい日本のことを話すぎた自分の迂闊《うかつ》さを反省する。

食堂が静まり返ってしまい、夕夏が困っていると、子供たちが声を上げた。

「コラルさま？　ごはんのときはごはんをたのしまないといけないんだよ」

「おとうさんがいってた！　おいしいものをたべるときは、つくってくれたひとにわるいから、たべるのをいちばんにたのしむんだって」

「むずかしいおかおしてたら、つくってくれたひとがしんぱいするでしょ。だからだめ！」

コラルがハッとして子供たちを見ると、みんな頬を膨《ふく》らませ、不満そうにしている。

続けてコラルが周囲を見まわすと、使用人たちもオロオロと困っている様子なのが目に入った。

「あははは！　そうだな、みんなの言う通りだ。今は美味しい食事をする時間だった」

コラルは愉快そうに笑いだし、反省の言葉を口にする。

「周りの心配を顧《かえり》みずに悩み始めてしまう、私の悪いところが出たようだな。悪かった。さあ、昼食に戻ろう。みんなのオススメはどれだい？　私もそれから食べてみよう」

子供たちにそう尋ねるコラルの表情は、先ほどまでと違い、とても晴れ晴れとした笑顔だった。

コラルは仕事に追われ、食事を楽しむ余裕もない日々を送っていた。だが子供たちがやって来てからの食事は、仕事を後回しにしてもいいほど楽しいものであり、癒しでもあった。

そんな時間を与えてくれた子供たちが去ってしまう今、お返しに子供たちにも楽しい時間を過ごしてもらおうと考えていたことを思い出し、コラルは気を取り直す。そして子供たちと会話しながら、和気あいあいとした雰囲気の中での食事を堪能する。

するとリラックスしたコラルの様子に呼応するように、子供たちにも笑顔が戻っていった。

食事が終わり、テーブルの食器が片付けられた後も、コラルと子供たちはゆっくりとお茶を飲みながら会話を楽しんだ。

といっても、ほとんどは子供たちが気の向くままに喋っているだけだったが、コラルは楽しそうに耳を傾けるのだった。

3　魔族たちの選択

魔族の集落で、キーラたちは移住の準備を進めている。

なお、タクマ一行はいったん集落を離れ、近くの森に転移していた。タクマたち部外者のいない状況で準備を進めつつ、本当に移住して問題ないか、自分の心と向き合ってほしいというタクマなりの心遣いであった。

すでに集落全員でタクマのところに移住したいと意思表明した魔族たちであったが、何しろ突然のことなので、完全に心が揺れないと断言できるほど決意が固まったわけでもない。

少し不安げな表情で移住の準備を始めた魔族たちに、キーラが語りかける。

「みんな、本当に移住して大丈夫？　ナーブに報復を行ったという事実がある以上、タクマさんのところに引越すことで、パミル王国からしばらく監視対象にされるという不安要素はあるよ。それでもみんな、移住に異存はない？」

「「「…………」」」

キーラの言葉を聞き、魔族たちは無言になる。タクマの家族に差別がないと分かったとはいえ、住み慣れた集落を離れることに不安がないといえば嘘になる。

そんな思いを口に出せない他の魔族たちの様子を見て、キーラは彼らの返事を待たずに言葉を続ける。

「でも……僕はタクマさんのところで暮らすことに興味があるんだ。僕たち魔族は今まで、他の種族と交流を避《さ》けて生きてきた。だけどタクマさんのところで暮らせば、いろいろな種族の人たちと触れ合えるでしょ？　それに……もう疲れちゃったんだ。他の種族に差別されるのを恐れて隠れて暮らすのは……みんなはどう？」

キーラの訴えに、魔族の中の何人かが黙って頷き返す。誰から蔑《さげす》まれたり怯《おび》えたりされることなく、平和に暮らしていきたいというのは、集落の者たち全員の願いだった。

そんな魔族たちの気持ちを代弁するように、ディオが口を開く。

「ああ……俺も、もう嫌だな……隠れて暮らすのは。タクマさんのところで平和な暮らしが叶《かな》うなら、俺も行きたい」

「そうね、私も行きたい」

「俺もタクマさんのところなら、なんとかなる気がする」

ディオの言葉に魔族たちが口々に同意を示した。

「そっか……僕もみんなが一緒なら嬉しいよ！」

突然のことで戸惑いはあるだろうが、今の生活を変えたいという気持ちは他の仲間たちも同じなのだと分かり、キーラは嬉しさで笑顔になった。

「あれっ？　だけど……」

キーラはハッとして、思わず呟いた。

そういえば、まだ移住するかどうかの意思を確認できていない魔族がいる。大口真神に喧嘩《けんか》を売って返り討ちにされた者たちだ。彼らは魔族は魔族だけで独立して生きるべきだという思想の持ち主だった。

「そうだ、彼らにも説明してあげないと！」

キーラはそう言ってディオと共に、集落の集会所へ向かう。


集会所の中に入ると、そこには独立派グループの者たちが気絶したまま倒れていた。

「あとはこいつらの意思を確認するだけだが……忌神様《まがつかみ》はすぐに目を覚ますと言っていたが、本当に大丈夫なのか」

ディオが独立派の者たちを見て、不安げにボソッと呟いた。

ちなみに忌神というのは、大口真神のことだ。圧倒的な神力《しんりき》と禍々《まがまが》しい瘴気《しょうき》を持つ大口真神を、魔族たちは畏怖《いふ》を込めてそう呼んでいるのである。

「うーん、大丈夫だと思うけど。普通に起こせば目を覚ますって言ってたし」

キーラはそう言いながら、おもむろに独立派の者たちに近づく。そしていきなり、彼らの頬を思いっきりひっぱたいた。

独立派の者たちを遠慮なくビンタするキーラの姿にディオはドン引きしていたが、キーラは気にすることなく張り手を繰り返す。

「さっさと起きて話を聞きなさい！　ほら！　ほら！」

「ううっ……」

男の一人がうめき声を上げた。キーラの容赦ないビンタによって、意識を取り戻したのだ。

しかしその次の瞬間、キーラは今まで以上に力を込めたビンタを男の頬に叩き込む。

「もーっ、いつまで寝てるのさ‼」

「う、うぼ……」

キーラの全力のビンタがクリーンヒットし、男は情けない声を出した。

「あ、起きたみたいだね！」

さわやかにそう言うキーラだったが、独立派の男の頬は真っ赤に腫《は》れ、大きく膨らんでしまっている。

「は、はにがおほったのば……」

独立派の男は口の端から血を流し、「何が起きたんだ」というような意味の言葉を呟きながら体を起こす。

だがその瞬間、先ほどまでの悪夢がフラッシュバックする。大口真神の瘴気により、男は意識を失っている間、恐ろしい悪夢を見ていたのだ。

「あ、あああ……」

「大丈夫！　悪夢は終わったの！　いい？　終わったの！」

動転する男に対し、キーラは大きな声で落ち着くように促《うなが》した。

こうして独立派の男たちを一人ずつビンタで起こしてはパニック状態から落ち着かせる、というのを何回か繰り返す。そして独立派グループが全員目覚めたところで、キーラはこれまでの経緯や、移住のことを説明した。

「「………」」

説明が終わり、男たちは顔を見合わせる。

自分たちのことを恐ろしい種族として差別してきた人族、その一員であるはずのタクマから生活を共にしたいという提案があったなど、にわかには信じられないことだったのだ。

「移住って……本気なのか？」

独立派の男は、そうキーラに問いかける。

「他種族と共存なんて、無理に決まって……」

だがキーラの表情から本気であることを悟り、途中で言葉を止めた。

「僕はタクマさんのもとでなら平穏な生活が送れる……そう信じてるんだ。タクマさんには僕たちを守ってくれるだけの力がある。それにタクマさん、そしてタクマさんの家族には、僕たちを受け入れてくれる度量があると思うんだ」

強い決意の込められたキーラの言葉を聞き、独立派の者たちは黙り込む。

「……俺はキーラの選択に従おうと思う」

「ああ、私もキーラに賛同するよ」

そのうち独立派の一部の者たちは、キーラと同じように移住する決意を固める。そして独立派の者たちの輪から離れ、キーラの側へ移動した。

だが独立派グループのリーダー格の男は、首を横に振る。

「……キーラの言っていることにも一理ある。ナーブの企《たくら》みを俺たちは防げなかった。自衛できないのなら、他者から庇護《ひご》されながら平穏な暮らしを目指す道もあるのだろう。だが、俺には無理だ」

リーダー格の男はしばらく考え込み、そして考えを固めた様子でキーラに告げる。

「キーラ。すまないが、俺はみんなとは違う道を行こうと思う。誰かの庇護を受けて平穏な生活を得る、それを否定するつもりはまったくない。だが俺は守られるよりも、自分たちの生活は自分たちで守りたいんだ。ただ……今はそれを可能とする実力がないことは理解している。だから、強くなるために修業《しゅぎょう》の旅に出ようと思う」

リーダー格の男に続いて、独立派グループのもう一人の男も言う。

「俺もこいつと同じだ。どれほど時間が掛かるのかは分からんが、みんなを守れるような存在になりたい」

「……分かった。君たちならそう言うんじゃないかって気はしていたよ。誰よりも力を求めていたしね……」

キーラは寂《さみ》しそうな顔をしつつも、二人に理解を示した。

「だけど……気を付けてね？　魔族だけで旅に出るって、きっとすごく危険だと思うからさ」

キーラは魔族が差別されやすいことを心配し、そんな言葉を掛ける。

だが独立派の男二人は、キーラの心配していることなど承知の上といった様子だ。

「ああ、俺たち二人の選んだ道は厳しいものになるだろう」

「だがみんなと袂《たもつ》を分かつからには、覚悟を持って強くなるつもりだ」

キーラは二人の言葉を聞き、彼らが人族への反抗心から、考えなしに別の道を選んだわけではないのだろうと考えた。

「じゃあ、タクマさんには僕からこのことを伝えるよ」

キーラがそう言うと、二人は首を横に振った。

「報告をキーラに任せ、逃げるように出発するつもりはないぞ」

「ああ、自分の選択に恥じることは何もないからな。自らの口で話したい」

キーラは自分たちの矜持《きょうじ》を大事にしている彼ららしい考えだと思い、どこか誇らしい気持ちになる。

「うん……なら、自分で伝えた方がいいかもね。でも、もう喧嘩売るとかはやめてよ？」

するとさっきまでの強気な態度とはうって変わり、二人は神妙な顔をしてコクリと頷いた。大口真神の瘴気にやられた恐怖が、しっかりと身に染みているらしい。

二人の様子に小さく笑いつつ、キーラは話題を変える。

「ところで、旅に必要な物資を準備しないとだよね。足りないものはみんなに言って集めよう」

それを聞いて、独立派の男二人はギョッとして顔を見合わせる。

「お、おい。俺たちはみんなとは違う道を行くんだぞ」

「そうだ。それにみんなも移住で何かと物入りなはずなのに、そんなことを頼むわけには……」

「水臭《みずくさ》いこと言わないでよ～！　そんなの誰も気にしないって！」

そう言うキーラに腕を引っ張られ、二人は集落へ引き返していくのだった。

◇◇◇

集落に戻り、キーラが魔族たちに声を掛けると、仲間たちは独立派の男二人に物資を用意するため、一斉にあちこちへ走りだした。

「ま、待て。気持ちはありがたいが、持っていける荷物には限界があるぞ！」

キーラが話を聞くと、二人は別々に旅をするつもりらしい。それぞれが己の強さを高めるための修業の旅なので、お互いに頼らず腕を磨きたいとのこと。なので旅装を整えるといっても、できるだけ身軽な状態でいたいと考えるのも当然だろうとキーラは考える。

「だけど、物資の量は気にしなくても大丈夫だよ！　なんとかなるから、ちょっと待っててね」

キーラはそう言って二人に笑顔を見せると、自分の家へ駆けだした。

「あっ、おいキーラ！　……って聞いてねえな」

「まったく……」

キーラの行動の速さに二人は呆れる。だが、仲間たちが袂を分かつ自分たちをこんなにも思ってくれているのが分かり、胸に熱いものが込みあげてきた。

「……なあ？　ここまでされたら、絶対に強くなって戻ってこないとな」

「ああ……絶対にな」

二人は心の中で更に強く決意を固めた。

その時、キーラが二人の前に戻ってくる。

「お待たせ！　これは僕から二人に餞別《せんべつ》だよ！」

そう言ってキーラは二人にそれぞれ一つずつ、小さな指輪を手渡した。

キーラから渡された指輪を見て、二人は顔色を変える。ひと目見ただけで、この指輪が貴重な魔道具だと理解したからだ。

しかもこの小さな指輪からは、通常ではありえない魔力が迸《ほとばし》っているのが感じられる。

「これは収納の指輪。空間収納機能がついてて、指輪の中にいくらでも物資をしまえるんだ！　旅立つ君たちにはぴったりのアイテムだよ！」

キーラから得意げにそう言われ、二人はギョッとする。

確かに旅に出る二人にとって、とてもありがたいアイテムだ。しかしこれほどまでに魔力を込められた魔道具であれば、価値は神具《しんぐ》――神が作ったアイテムと同レベルのはずだ。

「キーラ……お前、正気か？　俺らに神具レベルの魔道具をタダで寄こす気なのか？」

「こんな貴重なものを簡単に渡してきやがって……俺たちに渡すくらいなら、タクマに献上した方がよくないか？　そうすればみんなの印象もよくなって、移住した後の待遇も……」

二人は、自分たちはいいからとキーラに指輪を返そうとする。

だが、キーラは決して受け取ろうとしない。

「タクマさんはいらないって言うと思うよ。タクマさんってパミル王国御用達《ごようたし》のすごい商人なんだって。だからお金にもアイテムにもこだわったりしないし、他人から搾取《さくしゅ》することもない。僕らを苦しめたりする人じゃないから、これは安心して受け取ってよ」

二人はそれを聞いてしばらく唖然《あぜん》としていたが、そのうち受け取る決心がついたようで、静かに指輪をはめる。その瞬間、指輪の使い方や性能が脳内に流れこんできた。

「これ、容量の制限がない……しかも使用者制限つきだと？　更には、収納アイテムの時間停止機能まで……」

「ただの魔道具ではないと思っていたが、こいつはまさに神具じゃないか……」

驚きのあまり呆然としている二人を見て、キーラはしてやったりという表情を浮かべる。

「はめたね？　はめちゃったね？　そう、それは神具なんだよ。しかも一度はめたら他の人が絶対に使えないという代物！　これで返したくても返せない。というわけで、ちゃんと使い倒してね！いやー、喜んでくれてよかった！」

「「なっ!?」」

本当に神具だったのだと知り、二人はあからさまに動揺する。だが、改めて自分のはめた指輪を見る表情には、嬉しさが滲《にじ》んでいた。

二人にいいサプライズができたと、キーラが満足げな顔をしていると、自宅に戻って物資を用意していた仲間たちが集まってきた。みんな、両手に抱えきれないほどの荷物を持っている。

「俺特製の干し肉だ。旅先で食ってくれ」

「私は乾燥野菜。野菜もしっかり摂《と》るのよ」

「薬も必要だろう？　使い道は袋に書いてある」

仲間たちは口々にそんなことを言いながら、二人に物資を渡してきた。

あまりに量がたくさんあるので、受け取った端から指輪に収納していく。これなら旅先でも当分食べるのには困らない。

「みんな、ありがとう……」

「すまない、俺たちのために……感謝する」

二人は感極まりながらも、なんとか自分の気持ちを伝える。

そんな二人を、魔族の仲間たちはただただ笑顔で見守っていた。

袂を分かつとしても、二人が仲間なのは変わらない。魔族たちの表情からは、そんな気持ちが見て取れる。

「いい？　食べることは大事よ。めんどくさくてもちゃんと食べてね」

「逃げることは恥じゃないからな。ヤバかったら逃げろ。逃げてでも生き残れたら、それだけで勝ちだからな」

「俺たちは待っているぞ。お前たちが強くなって戻る、その時をな」

仲間たちは物資以外にも、そんな言葉を二人に贈る。

それを聞いて二人の目には涙が浮かんだ。二人にとって仲間たちの言葉は、何ものにも代えがたい餞別となった。

二人は大口真神に喧嘩を売るくらいに排他的で実力主義なところがあるが、根は仲間思いで優しい男たちなのだ。仲間たちもそれがよく分かっているからこそ、彼らを気遣っている。

みんなの優しさに触れた二人は、いつか自分が強くなり、どんな困難にでも打ち勝てるようになったら、すぐさま仲間たちに顔を見せに戻ろうと心に決めるのだった。

4　何が出るかな？

魔族たちが集落を離れる準備をしているのと同じ頃。

タクマたち一行は、最初に転移してきた地点である魔族の集落に近い森にいた。

ちなみに精霊王・アルテは自分の役目は終わったと思ったのか、イーファと共に湖畔の祠《ほこら》に帰ってしまっている。一緒に集落に来ていた守護獣たちも、タクマが空間跳躍でいつの間にか湖畔に送り返していた。

「あー！　だあだ！　だあだ！」

突然、タクマが抱っこしているユキが騒ぎ始めた。

「どうしたユキ？」

「あうあうあー!!　あいいー!!」

妙にハイテンションで何かを訴えている様子のユキ。一体どうしたのかと、タクマはユキの視線の先に目を向ける。

「……ん？　そっちに何かあるのか？」

「タクマよ。とりあえず向かってみようではないか。なんだか面白そうな気配がある」

側に立っている大口真神は楽しげにそう口にしながら、タクマの返事を待つことなくどんどん先に進んでいってしまう。

「ちょっと、大口真神様？　……はあ。ナビの索敵《さくてき》には何も引っかかってないし、索敵に引っかからないような何かがいるんだとしたら、慎重に行きたいんだけどな。あの様子だと聞いてはくれないか……まあ、なら仕方がない、行ってみよう」

「きゃうう～！　あいい～！」

ユキはタクマに自分のアピールが通じたと思った様子で、ご機嫌《きげん》ではしゃぎ始めた。

こうしてユキを抱っこしたタクマは、渋々大口真神のあとをついて森を進む。タクマの両肩にはナビとスミレがそれぞれ座り、いつでもタクマが魔力を使うサポートができるよう、臨戦態勢で警戒を怠《おこ》らない。

タクマ、ナビ、スミレの心配をよそに、大口真神はゆったりした足取りで、集落とは反対側の森の奥へ進んでいく。

一時間ほど歩き続けると、タクマたちの目の前に、開けた土地が広がっていた。色とりどりの花が咲き、言葉では言い表せない美しさだ。

その光景にタクマが目を奪われていると、ナビが緊張した声音でタクマに注意する。

「マスター、気を付けてください。おかしいです。ここはマップでは森の真っ只中で、こんな開けた場所ではありません」

タクマは何があってもすぐに動けるように、周囲を見まわして警戒を高める。

その時、タクマの隣にいる大口真神が呟く。

「ほう……なかなか手が込んでおる」

「どうしたんですか、大口真神様」

「タクマよ。この場所には結界《けっかい》が張られているのだ」

大口真神によると、ただの結界ではないらしい。様々な魔法が付与され、かなり強固な作りなのだという。

「この結界を張った者は、よほど隠したいものがあったようだ。入るとしたら、強引に破るしかないな」

「そこまでして隠したいものがあるのなら、そのままでもいいのでは？　もし変なものが中にあるようなら、すこぶる面倒な気しかしないんですが……」

余計な厄介事に首を突っ込みたくないとタクマが主張した直後、ユキが不満そうな声を出した。

「ぶう～‼　だい～‼」

タクマは困ってしまい、ユキをなんとかなだめようとする。

「い、いや。でも今は魔族の問題が優先だろ？　それが終わってから、もう一度来るっていうのは……」

「だぶう～～、ぶうう～～‼」

ユキは即座にブーイングしているかのような声を出した。

「ないな。こんな面白そうなことをお預《あず》けなどありえん」

大口真神までそんなことを言ってきた。

タクマは仕方ないといった表情でため息を吐《つ》く。いくら説得しても、この二人に意見を変えてもらうのは難しそうだと考えたのだ。

「……わ、分かったよ。ユキも大口真神様もそう怒らないでくれ」

タクマはナビとスミレに補助を頼み、ユキを大口真神の背中に乗せ、結界の中を調べることにする。

とはいえ、ナビでもマッピングできなかった結界だ。中に何があるのかはまったく予測できなかった。

「結界を破った途端、モンスターが！　とかは勘弁してほしいんだが……ありえないとは言いきれないから、慎重にっと……」

ナビに探ってもらうと、結界は今タクマたちの目の前にある、森の中のぽっかりと開けた土地すべてを覆《おお》っている様子だった。

「この結界の意味するところはなんなんだろうな。見た感じ、トラップがあるって様子じゃないが……」

「タクマよ、そこまでの警戒は必要ないと思うぞ。結界自体には悪意はない。むしろ何かを守りたいという意図が感じられる」

タクマの背後から、大口真神がそう助言した。

神である大口真神がそのような印象を受けるなら、結界にも内部にも危険がないはずだ。そう判断したタクマは、次の行動に移る。

「……じゃあ、まずは結界をどうにかするか。結界に込められた魔力を上回る力をぶつければ、強引に突破できるだろ」

「待って！　それはオススメできないかも」

タクマの肩に乗ったスミレが、慌てて制止した。

「ここまで大きな魔力で結界を張られていると、破った時の衝撃で結界の内部がめちゃくちゃに！

みたいなこともありえるよ」

「あー、確かにそれはあるかもしれないな」

どうやって結界を破るべきか、タクマはしばらく考える。

そしてアイテムボックスから、この世界の主神《しゅしん》・ヴェルドが作ったアイテム、天叢雲剣《あめのむらくものつるぎ》を取り出した。魔力で破壊をするのではなく、天叢雲剣の持つ聖なる力で結界を消し去ろうと考えたのだ。

『よう、タクマ。今回はずいぶんと早く出してくれたじゃねえか』

意思を持つアイテムである天叢雲剣が、そうタクマに話しかけた。

「ああ、お前を使った方が危険がないと思ってな。できるか？」

『まったく問題ないぜ』

取り出された瞬間に目の前の結界を認識していた天叢雲剣は、タクマの頼みごとの内容を言われずとも理解していた。

『しかし、ずいぶん厳重な結界じゃねえか。それにこの結界、タクマのアイテムボックスみたいな空気が漂《ただよ》っているな』

「アイテムボックスと同じ？」

タクマは首を捻《ひね》る。その情報は、探知能力に優れたナビからも教えられていない。

『ああ。でも分からないのも当然じゃないか？　この感覚は、いつもアイテムボックスの中にしまわれてる俺にしか分からんだろう。だが、たぶんあの結界の中、時が止まっているぜ？　それを強引にタクマの魔力で破っていたら、結界の中は跡形《あとかた》もなく風化しちまってただろうな。つまり、この仕事は俺にしかできないってわけだ！』

自慢げに語り始めた天叢雲剣を放置して、タクマは考えを巡らせる。時が止まっているということは、結界の中の状態を当時のままで保存したかったと考えた可能性が高い。その理由が気になった。

「よし。天叢雲剣、やるぞ」

『おうよ！　俺の力なら、中にはまったく影響を及ぼさないぜ！　あ、今回は魔力を流すんじゃなく、神力を使ってくれ。魔力は破壊の力だ。この結界には相性が悪いからな』

「ってことだが、大丈夫かスミレ？」

「大丈夫！　私の制御の力は魔力に対してだけじゃないよ。タクマさんが魔力とは違う神力も持っていることは把握済み。そっちもちゃんと制御できるから問題なし！」

タクマが確認すると、スミレが自信たっぷりに答えた。

スミレはつい数時間前、タクマと契約した精霊だ。彼女のおかげで、垂れ流し状態だったタクマの膨大《ぼうだい》な魔力の制御を適切に行うことが可能になったのである。

スミレから頼もしい言葉が聞けたところで、タクマは自分の中ある神力を引き出し、練り上げていく。

『おお⁉　今までと力の通りが違うぜ！　その精霊の姉ちゃんの影響か⁉　うおー、漲《みなぎ》ってきたぜ～‼』

スミレの制御のおかげで、天叢雲剣に伝達される力の効率も段違いによくなった様子だ。天叢雲剣は嬉しそうにそう叫びながら、タクマの神力をどんどん吸収していく。

タクマが天叢雲剣を見ると、その刀身は完全に神力で覆われた状態になっていた。スミレと契約して魔力の流れが見えるようになったので、それが理解できたのだ。

いつもなら刀身の内側に力を秘めているだけの状態なので、タクマはギョッとして忠告する。

「お、おいおい……自分の許容量を考えろよ？　神力が外に溢《あふ》れてるぞ？」

『これは……いける、いけるぞ！　タクマ、俺はもっと強くなれる！　もっと俺に力を寄こせ！』

だが天叢雲剣はタクマの言葉を無視し、貪《むさぼ》るようにタクマの神力を吸収しまくる。

妙にハイになっている天叢雲剣の姿に引き気味になったが、天叢雲剣が大丈夫だと主張するので神力を流し続けてやる。

その結果、なんと——天叢雲剣は神力による進化を遂《と》げてしまった。

黒い拵《こしら》えと銀色の刀身がすべて金色になり、刀身には黒染めで彫金《ちょうきん》したような模様が現れる。刀身の片側は先端に向けて昇る龍《りゅう》、もう片側には鍔《つば》に向けて下る龍の意匠《いしょう》が浮き出ている。

『おおおお……これが俺の本当の姿なのか……まさしく神が扱うにふさわしい刀になれたってことだな⁉　ようやく……ようやくお前に釣り合う姿になれたぜ！　なあタクマ、どうよ⁉　俺の真の姿は！　かっこいいだろう⁉　おまけに俺自身の力もパワーアップしてるのが分かるぜ！』

はしゃぎまくる天叢雲剣だが、タクマは浮かない顔だ。

『……ん？　どうしたタクマ？』

「いや、お前が進化して強くなったのは嬉しいんだが、その……ちょっと派手すぎじゃないか？」

タクマはもともと派手な装飾を好まない。天叢雲剣の見た目も、前の落ち着いた雰囲気が気に入っていた。なので、現在の金ぴかな見た目に困惑してしまっていた。

『ま、まじか……俺はかっこいいのが正義だと思うんだが……でも、タクマがそう言うなら……』

天叢雲剣はしょげた様子で、ブツブツ呟きながらシミュレーションを始める。

『見た目を地味に……うん……できそうだ』

その直後、天叢雲剣が発光する。すると金ぴかで派手だった見た目が、少しずつ変化していく。

「おお！　いいな！」

変化の終わった天叢雲剣を見て、タクマは嬉しそうに言った。

今の天叢雲剣は、拵えと刀身が黒、龍の意匠だけが銀色という状態だ。

龍の意匠がそのままなのは、天叢雲剣としても多少の派手さは譲れなかったのだろう。しかし、これくらいなら許容範囲だとタクマは考える。

というか、シンプルでありつつも龍の意匠が映えて、タクマとしても気に入るデザインとなっていた。

『気に入ってくれたみたいだな⁉　これなら持ち歩いても問題ないレベルだろ⁉』

天叢雲剣のそんな発言を初めて聞いたタクマは、驚いて聞き返す。

「お前、持ち歩いてほしかったのか？」

『ああ、アイテムボックスの中にいるのは退屈だしな……っていうのもあるが、何よりその方が、タクマの万が一に備えられるだろ？』

普段は軽口ばかりの天叢雲剣が、主人の身の安全を気遣ってくれていたと知ってタクマは驚く。

そして、天叢雲剣の気持ちに行動で応えることにした。すぐに天叢雲剣の鞘《さや》をベルトに固定したのだ。

「なら、これから有事の際には付き合ってくれるか？　といっても、さすがに街中にいる時は武装したくないから、その間はアイテムボックスで待っててもらうことになるが……」

『‼　ああ……ああ！　もちろんだ！』

主人を守る盾《たて》であり、迫《せま》る敵を排除する武器としての本分《ほんぶん》を果たせるのだと、天叢雲剣は感激する。

『よっしゃ！　じゃあタクマ、結界を破るぞ！』

気合いが入った様子で、天叢雲剣がタクマに呼びかける。

『今回は初めて神力を使うから、俺がリードするぜ。タクマはとりあえず、俺に神力を注いでくれ！』

タクマは天叢雲剣を上に向けて掲げ、神力を注いでいく。

『いいね、いいねぇ！　心地良い力だ！　その調子でいこうぜ！』

そう叫ぶ天叢雲剣の刀身から、金色の粒子が舞い始めた。粒子はゆっくりと結界に沿って広がっていき、やがて結界全体を覆い尽す。

『さあ、ここからが本番だ。よく見てな』

天叢雲剣がそう言った途端、タクマの目の前で結界が歪《ゆが》み始めた。

金色の粒子が結界と融合《ゆうごう》すると、結界全体が灰色に変わり、そして霧《きり》のように散っていく。

やがて結界が完全に消え去ると、そこには不思議な光景が広がっていた。

「おお、すごいな……これは絶景だ」

「きゃうー！　だいー！」

「綺麗《きれい》……」

タクマたちの目の前にあったもの——それは色とりどりの花が咲く、一面の花畑だった。

「まるで普段から手入れされていたような状態です。この花畑を保存するために時を止めていたのでしょうか……？」

「ああ、そう言われても納得できるくらいの美しさだな」

ナビとタクマはそんな会話を交わしつつ、花畑の美しさに目を奪われる。

だがみんなが感動している中、大口真神は別のことを感じ取っていた。

（ほう……確かに美しい。だがそれだけではないな。この気配……おそらくここは……）

しかし大口真神がそのことを指摘する前に、タクマが口を開く。

「ああ、そういうことか……この花畑は、墓標《ぼひょう》なんだな」

「うむ、我もそう思う。ここにはかなり強力なモンスターの遺骸《いがい》が眠っておる」

視覚的な情報だけに惑わされず、周囲の気配に気を配っていたタクマに感心しつつ、大口真神が頷いた。

花畑にはモンスターのものと思しき魔力の残滓《ざんし》が漂っていた。他のモンスターや獣がこれに気付き、この場所を荒らさないようにするために結界を張ったのだと、タクマや大口真神は推測する。

加えてこの場所を花畑としたのは、遺骸を弔《とむら》うためなのだろう。

「それと……結界を張った者は、ここに眠るモンスターたちを愛していたんだろうな」

そうでなければ、こんな美しい花畑を作ったりしないはずだ。タクマはそう考え、静かに目を瞑《つむ》って黙禱《もくとう》する。

『なああ……』

ところが厳《おごそ》かに祈っている最中に、空気を読まない天叢雲剣が話しかけた。

タクマは無視するが、天叢雲剣はなおも空気を読まずに呼びかける。

『なあ！　なあって！』

「おい、今は祈りの途中だ。あとで聞くから……」

『ここってよう、墓ってだけじゃねえだろ。ちっと分かりづらいが、まだなんかあるぜ？』

「その通りだ。タクマよ、お主《ぬし》もまだまだだな。ここには他にも秘密がある」

天叢雲剣に続いて、大口真神もタクマに気付きを促す。

タクマがそれに従って周囲を調べ直すと、花畑の中心に埋められた大きな岩に、ほんのわずかな違和感を抱いた。

「？　岩に何があるっていうんだ？」

タクマは警戒しつつ、地面に露出している岩の一部に手をかざす。

その瞬間、かざした手から魔力が一気に抜けていくのが感じられた。

「!?」

「マスター！」

「タクマさん！」

ナビとスミレが慌ててタクマを呼ぶ。

タクマも急いで手を引こうとしたが、抵抗するタクマをあざ笑うかのように魔力はぐんぐん岩へと吸い込まれていく。そして同時に岩が徐々に光を放ち始めた。

トラップかと焦ったタクマだったが、そのうち不思議な感覚に襲われた。そして理由は分からないが、この岩の意図のようなものが理解できた。

「ナビ、スミレ、大丈夫だ。唐突に魔力を吸われたから驚いたけど、この岩に悪意はない」

タクマはそう言って、ナビとスミレをなだめる。

ホッとするナビやスミレとは対照的に、天叢雲剣は呑気《のんき》な様子でタクマをせっつく。

『タクマよ～、この岩がなんなのかお前には分かってるんだろ？　早く教えてくれよ』

「まったく……お前は本当に空気が読めんやつだな。でもまあ、いいか……この岩は、中身に魔力を与える電池みたいなもんだ。魔力を供給することで、中にいる者を死なせないようにしてる。ここまで言えば、みんな想像がつくんじゃないか？」

そうタクマが尋ねると、タクマ以外の全員が一斉に言う。

「「「まさか、生き残りのモンスター!?」」」

「だうだうだーー!?」

そうこうしているうちに、今度は魔力を吸収しすぎたせいか、岩がピシピシと音を立ててひび割れ始めた。

『お！　いよいよ壊れそうだ！』

「だい～～!!」

天叢雲剣とユキが、ワクワクした様子で声を上げる。

次の瞬間、大きな岩が大きな音を立てて崩《くず》れ去った。

そして現れたのは――二つの卵《たまご》だった。一つは赤色、もう一つは黒色をしている。

「ん？　モンスターじゃなくて、卵？」

『なんだ、モンスターじゃなくて卵って。これが孵《かえ》るまで待つのかよ～』

「まあ、どんなモンスターの子供が生まれるのか、楽しみだろ？」

面白くなさそうな天叢雲剣をタクマがなだめていると、ユキが「だあだ！　だあだ！」と声を上げた。まるで「自分も卵が孵るのを側で見たい！」とアピールしているようだ。

更にユキは、卵に向かって手を伸ばす。

「あーい、あうあー」

「なんだユキ、アレを触《さわ》ってみたいのか？」

タクマは大口真神の背中に乗っていたユキを抱き上げた。そして卵に近付くと、ゆっくりとその側にしゃがみ込む。

ダチョウの卵くらいの大きさをした二つの卵に手を伸ばし、ユキは嬉しそうな顔で優しく撫でる。

その時、卵が不思議な反応を示した。ユキの手が触れたのを喜んでいるかのように、うっすらと光を放ったのだ。

「おおー！　ユキ、どうやらお前に触《さわ》られて嬉しいみたいだぞ。もしここから生まれたモンスターも家族の一員になってくれたら、ユキの立場はお姉ちゃんってことになるな！」

「きゃうー！」

お姉ちゃんという言葉に嬉しそうな声を上げるユキ。だが卵は光を放って反応を示すものの、ユキの魔力によって生まれる気配はなかった。

どうやら岩に魔力を与えた自分の魔力により強く反応するようだと、タクマは推測する。

「タクマよ。もしや、生まれたモンスターをユキに託《たく》したかったのか？」

大口真神の問いかけにタクマが答える。

「そうですね。俺にとっての守護獣たちのように、共に人生を歩む存在になれば嬉しいと思ったんですが……」

「ならば、モンスターたちが成長してからの方がいいだろう。相性もあるからな」

「それもそうですね……焦る必要はないか。じゃあ、この卵は湖畔で孵《ふ》化《か》させ……」

「待たんか」

ところがタクマを諭《さと》していたはずの大口真神が、今度は前足を上げてタクマを制止した。

「お主は、こやつらがどんな魔物か気にならんのか？　戻って湖畔でなどと悠長《ゆうちょう》なことを言っておらんで、ここで目覚めさせるのだ」

自分の好奇心を満たすためにワガママを言い始めた大口真神を、タクマは呆れた顔で見つめる。

「ゴホン……それにだな。この地に葬《ほうむ》られているモンスターたちも、こやつらの誕生を見届けたいに違いないとは思わんか？　つまり、これも弔いの一部となるということだ」

さすがに気まずかったのか、大口真神がもっともらしい理由を口にする。

だが大切に守られていた卵を、仲間たちの眠るこの花畑で孵化させるべきという話は、タクマにも納得できるものだった。

「……分かりました。ユキをお願いしても？」

タクマはユキを大口真神の背に乗せる。それから大口真神には、ユキに卵の孵化の瞬間がよく見えるよう、すぐ側で待機してほしいと頼んだ。

「さて……お前たちもここで生まれたいんだな？」

タクマが語りかけると、二つの卵は嬉しそうに内側から光を明滅させた。

「そうか。じゃあ、早速だが始めようか」

タクマがそう言って両手を卵にかざすと、先ほどの岩の時と同じように魔力が吸われていく。

「おお……さっきとは桁違《けたちが》いの負荷だ。それだけお前たちはすごいモンスターってことなのかな」

軽い目眩《めまい》を覚えつつも、タクマは卵たちの望むままに魔力を吸わせる。

すると卵が放つ光の明滅は力強い、まるで脈動《みゃくどう》しているようなものに変わっていく。やがて明滅は更に速くなり、最後には眩《まぶ》しいほど強い閃光《せんこう》を放ち始める。

次の瞬間、「ピシッ！」という音と共に卵にひびが入り、殻《から》が割れた。

「ナーウ……」

「ミー……」

「おお!?」

卵から生まれた赤ちゃんモンスターの姿に、タクマは目を見張る。

その双子のモンスターは、今まで見たことのない珍しい種族だった。

「ほほう。これは珍しい……キマイラだ」

「キ、キマイラですか？」

タクマは大口真神の言葉に驚いて言った。

「でも神話に出てくるキマイラっていうと、いろいろな動物の特徴が混ざった怪物……具体的にはライオンの頭、ヤギの胴体、毒蛇《どくじゃ》の尻尾《しっぽ》を持つ存在ですよね？　この子たちの姿はどちらかというと……」

タクマがその種族の名前を口に出した瞬間、同時に大口真神も同じ言葉を発した。

「「鵺《ぬえ》！」」

「ナーウ？」

「ミー……」

タクマたちのやり取りを見ていた双子の赤ちゃんが不安げな声を上げる。タクマの魔力によって誕生した二匹なので、タクマとの精神的な繋《つな》がりが深く、タクマの動揺が伝わった様子だ。

タクマはハッとして双子の赤ちゃんの前にかがみ、声を掛ける。

「大丈夫だ、お前たちが嫌なわけではないからさ。珍しいモンスターだったんで、ちょっと驚いてしまったんだ」

双子は、タクマの言葉を理解しているのか、タクマの優しい声から気持ちが伝わったのか、安心したようにタクマの手に頭を擦《こす》りつける。

(しかし、どう見ても鵺だよなぁ……)

タクマは双子を撫でながら、改めて二匹の特徴を観察する。

双子のモンスターは、頭は猿《さる》、胴体は狸《たぬき》、手足は虎《とら》、そして尾は蛇《へび》という姿だ。ちなみに猿といってもニホンザルではなく、コモンマーモセットとかキツネザルとかああいう雰囲気をしている。

加えて、赤い卵から生まれた赤ちゃんは虎縞《とらじま》が赤、黒い卵から生まれた赤ちゃんは虎縞が黒だった。区別するのに分かりやすい特徴だ。

「……どっちの子も可愛い。きっと守護獣たちともうまくやれるだろう。それに、大きくなれば強くなるだろうしな」

「ナーウ!」

「ミー!」

タクマの「強くなる」という言葉に、双子は返事をするように声を上げた。どうやらタクマの期待に応えたいという気持ちがある様子だ。

「タクマよ。まずはこやつらに名付けをしてやるのだ。お主が魔力を注いだことで、お主とこやつらの間には契約者と従魔という関係が結ばれておるからな」

その時、背後から近付いてきた大口真神がタクマにそう声を掛けた。

「そうなんですか？」

「ああ。だからこそ名付けはお主と従魔の繋がりをより強くするのだ。こやつらもそれを望んでおるだろう」

「ナーウ！」

「ミー！」

双子は大口真神の言葉に賛同するように、元気良く鳴き声を上げた。

その微笑ましい様子にほっこりしながら、タクマは双子の名前を考える。

「さてと、名前か……鵺となると、イメージは和風なんだよな……それと、他の守護獣たちの名付けの時と同じように、色の要素も入れたいな……」

ブツブツ呟きながら考え込むタクマ。そしてしばらくして、何か思いついた様子で顔を上げる。

「よし、シンプルにいこう。燃えるような赤が印象的なお前はクレナイ、夜空のように黒いお前はヨイヤミでどうだ？」

タクマがそう告げると、側で聞いていた大口真神が笑いだす。

「ククク……なんともシンプルな……まあ、イメージには合っているな」

タクマは双子が気に入ってくれただろうかと、二匹の様子を窺《うかが》った。

すると双子は尻尾を上げて嬉しそうに鳴く。

「ナーウ！」

「ミー！」

「お、気に入ってくれたようでよかった。そうだ、まだ名乗ってなかったな？　俺はタクマ・サトウ。クレナイ、ヨイヤミ。これからよろしくな」

「ナーウ！」

「ミー！」

クレナイとヨイヤミはタクマに挨拶を返すように、元気な声を上げた。

タクマは新しい家族として歓迎する意味も込め、二匹をよしよしと撫でてやる。

「だあだ！　だあだ！　あーう!!　だーい!!」

その時、ユキが不満げに騒ぎだした。おそらく「自分も仲間に入れろ」と主張しているのだろうと推測する。

タクマは大口真神の背中からユキを抱き上げると、クレナイたちに紹介する。

「この子はユキというんだ。仲良くしてくれよな」

「ナーウ？」

「ミー？」

タクマが抱っこしたユキを近付けてやると、クレナイたちは不思議そうに首を傾げながらも、ユキの手に頭を擦りつけた。

「あい！　だい！」

「ナーウ」

「ミー」

自分の要望が叶って満足そうなユキは、クレナイたちに何やら声を掛ける。クレナイたちもユキに応えて声を上げている様子は、まるで会話しているようだ。

ひとしきりユキと一緒にはしゃいでいたクレナイたちは、しばらくすると疲れたのか、二匹して地面にしゃがみ込む。すると同時に糸のような形状になった魔力の帯が、二匹から放たれる。

スミレの魔力制御によって魔力の色や形が見られるようになったタクマは、クレナイからは赤い魔力、ヨイヤミからは黒い魔力が出ているのを確認した。

「おお、二人とも俺の魔力が欲しいんだな」

どうやらクレナイたちは守護獣と違い、定期的に契約者であるタクマから魔力の供給を受けることが不可欠らしい。タクマはそう推測する。

そこでタクマはクレナイたちとお互いの魔力を接続し、いつでも二匹が自分から魔力の供給を受けられるように繋がりを作った。

「二人とも、遠慮なく魔力を使っていいからな。欲しいだけ持っていくんだぞ」

「ナーウ！」

「ミー！」

タクマが優しくそう語りかけると、クレナイたちは嬉しそうに鳴き声を上げた。

「ふむ、実に面白い。契約者の魔力がなければ生きられないモンスターというのは珍しいな。一般的なモンスターであれば、生まれてすぐに自力で行動できるくらい強いはずなのだが」

タクマが魔力を供給する様子を眺めていた大口真神が、そう呟いた。

「魔力供給が必要なのは、この子たちがキマイラであるからなんですかね？　それとも、他に原因が？」

「タクマよ、こやつらを早めに鑑定《かんてい》した方がよいかもしれぬな。なぜ契約者との繋がりが必要なのか、知っておく必要があるだろう」

タクマと大口真神がそんな会話をしている間も、クレナイとヨイヤミは嬉しそうな様子でタクマの魔力を吸い上げている。

「……まあでも、鑑定はクレナイたちの食事？　が終わってからにしましょうか」

「そうだな。それにしても嬉しそうに魔力を吸うものよ。そんなにタクマの魔力が美味《うま》いのか？」

「ナーウ！」

「ミー！」

大口真神が、幸せそうな二匹の様子をおかしそうに眺めながら声を掛けると、二匹は「美味しい！」と返事をするかのように大きな声で鳴いた。

「返事はいいから、タクマの魔力に集中するとよい」

「俺の魔力、そんなに美味いんですかね……大口真神様もいります？」

タクマは冗談まじりに提案してみた。

すると大口真神は急に真面目な顔で言う。

「話はそう単純ではないぞ、タクマ。お主の魔力には神力が混ざっている。だからこの子らには格別に美味く感じられるのだろう。それに我の予想では、この子らは契約者であるお主の魔力で進化するかもしれぬ。お主の魔力で孵化し、お主との魔力の繋がりで生きるこの子らは従魔ではなく、眷属《けんぞく》に近い存在だからな」

大口真神の説明によると、タクマとクレナイたちは、神から生み出された存在である眷属と同じような存在にあたるらしい。

「神と眷属……それって大口真神様と守護獣のヴァイスみたいなものってことですか？」

「ああ。なにせお前はすでに現人神《あらひとがみ》……人でありながら神へと至った者だからな」

「は、はい？」

大口真神から衝撃的な発言をされ、タクマは思わず聞き返す。

いろいろあって種族が人族から半戦神《はんせんしん》になっていたタクマだが、なんといつの間にか半神ではなく、神に至っていたというのだ。

「お、俺の空耳《そらみみ》かな？　ははは……いやいやいや……そんな馬鹿な……」

唐突な大口真神の告知にショックを受け、タクマは信じられずに頭を振る。

だが大口真神は、追い打ちをかけるように話を続ける。

「いや、動揺するのは分かるが事実だ。まあ、お主が気付かなかったのは仕方ないだろう。人のまま神へと至ったのは、つい先ほどのことだからな」

大口真神によると、タクマが神へ至ったのは天叢雲剣を進化させた瞬間だったらしい。自らの神力を完全に掌握し、更にはヴェルドの作った神具である天叢雲剣を進化させたことで、神へ至ってしまったというのだ。

「ま、まじか……」

かろうじてであるとはいえ、自分が人間であると思っていたタクマは、大口真神の言葉にショックを受けて絶句した。

「落ち着け、大丈夫だ」

愕然としているタクマに、大口真神はすかさずフォローを入れる。

「確かにお主は神へと至った。だが、人であることも変わらん。我はちゃんと言ったであろう。『人でありながら神へと至った』と」

「よ、よく分からないんですが、そうはいっても種族は神族になってしまったんじゃないんですか？」

「ま、まあそうなのだが……」

大口真神は口ごもりつつも、タクマに現状を教えてくれた。

タクマは人間の肉体のまま神力を得た。なので種族が人族から神族に変わってしまっても、タクマ自身に大きな変化が起こるというわけではないらしい。

「とりあえず今まで通り、種族がバレなきゃ問題ないってことですかね？」

「うむ。だからそこまで深く考える必要はない」

大口真神にそう言われて、タクマはなんとか平常心を取り戻すことができた。

「分かりました。そういうことなら今まで通り、種族バレにだけ気を付けて生きていきます……」

「うむ。それより今は、クレナイたちのことに集中するのだ。まずは鑑定を……ん？」

「なんだ？　光が……」

その時、モンスターが眠っている花畑から光の粒子が立ちのぼり始めた。

輝きながら様々に色を変えていく様子はとても幻想的で美しかったが、一体何が起こっているのか分からないので、見とれているわけにはいかない。

タクマが警戒していると、光はやがてクレナイとヨイヤミの前に集まっていった。

「ナーウ？」

「ミ？」

クレナイとヨイヤミは、怯える様子もなく光の動きをジッと見つめている。

「これは……面白いものが見られそうだ」

「？　どういうことです？」

意味が分からず、タクマは大口真神に聞き返す。

「タクマよ、これは力の継承だ。おそらくこの子らがお主との契約を終え、魔力の供給が安定した時点で発動するように仕組まれていたのだろう。花畑に眠るモンスターたちは、自分の能力をこの子らに託すつもりなのだ」

「つまり、この光の粒子はモンスターたちの力の集合体みたいなものってことですかね……」

「ああ。それをこの子らに渡す儀式のようなものだ」

大口真神とタクマが会話を交わしているうちに、光の粒子は大きな塊《かたまり》となり、クレナイとヨイヤミの目の前で止まった。

クレナイとヨイヤミは、この光が危険なものではないと本能で理解している様子で、自分たちの前を漂っている光の塊にゆっくりと前足を伸ばす。

そして、二匹の前足が触れた瞬間。

光の塊はその輝きを増し、二匹を包み込むように広がる。

「うおお……眩しい……」

光が強すぎて、タクマには二匹に何が起きているのか分からなかった。

だがそのうち収まるだろうと考え、タクマはしばらく光を見つめ続ける。

ところが数分経っても、光は一向に収まる様子がなかった。

「今回の力の継承には相当時間が掛かるのかもしれぬな……なにせ花畑に眠るモンスターたちすべてから継承を行っているのだ。今日中に終わるか、それは定《さだ》かではないぞ」

「なっ……そんなにですか⁉」

というわけで、タクマたちは森で野営し、力の継承が終わるのを待つことにした。

◇　◇　◇

翌日の朝。目覚めたタクマがテントを出ると、大口真神から力の継承はいまだに続いており、まだしばらく掛かりそうだと伝えられた。

「なるほど……ところで、大口真神様」

時間の余裕があると分かり、タクマは気になっていたことを大口真神に尋ねてみる。

「クレナイたちの種族なんですが、キマイラと鵺、どっちが正しいんでしょうね？」

「この世界ではキマイラに区分されるのではないか？　ヴェルドのことだ。『複数の種族の特徴を持つモンスターは、すべてキマイラとしましょう！』と雑に決めていてもおかしくない。だが鵺という存在とほぼ同じ特徴を有している以上、お主の中では、あの子らは鵺だと考えておけばよいだろう」

「なるほど、そうですね」

大口真神とタクマがそんな会話をしていると、スミレの大きな声が響く。

「タクマさーん！　ユキちゃんが起きたよー！」

「ほれタクマ、早くユキのところに行ってやるのだ。ナビが側に控えているだろうが、お主がいないのは不安だろう」

大口真神に促され、タクマはユキのいるテントの前に戻る。すると、何やら中から騒がしい声が聞こえてくる。

タクマがテントの中を覗くと、そこはカオスな空間と化していた。

「ユキ！　私は人形じゃありません！　そ，そ、そ、そんな振りまわしたらららら――ー」

「だいーー!!　あうあうあーー!!」

テントの中ではご機嫌な様子のユキがナビを鷲掴《わしづか》みにし、力任せにブンブンと振りまわしていたのだ。

タクマは慌ててユキを制止する。

「ユキ！　落ち着け！　ナビが辛《つら》そうだ」

「う？」

ユキはタクマの声を聞いて腕を振りまわすのを止めた。そして思いっきり掴まれ、手の中でグッタリしているナビを不思議そうに眺める。

「ナビはおもちゃじゃない。離してあげてくれ」

タクマが諭《さと》すと、ユキはゆっくり力を抜いてナビを解放した。

ボロボロになったナビは、急いでユキから離れ、タクマの肩の上に避難する。

ユキは自分の手を見ながらキョトンとしていた。

「ユキ、落ち着いたか？　まずはナビにごめんなさいしような」

「あい！　ちゃい！」

ユキはタクマの言葉を理解しているのか、ナビに向かって大きく頭を下げる。

「……きっと謝ってくれているんですよね？　分かりました。私もあなたと遊ぶのは大好きなので、次からはもうちょっとだけ手加減をしていただけると嬉しいです」

ナビはまったく怒っていない様子で、ユキにそう話した。突発的な子供の行動は仕方のないことで、それに怒るなんて了見《りょうけん》が狭い。何より主人であるタクマが大事にしているユキの行動に腹を立てるなどありえないとナビは考えていた。

「だう？　あーう？」

首を傾げながら喋るユキを見つめながら、ナビは優しい笑みを浮かべる。

「怒ってませんよ。ちょっと……いえ、かなり驚きはしましたが。これからも遊びましょうね」

ユキはナビの反応を見て喜びを溢れさせ、笑顔の花を咲かせるのだった。


しばらくして、タクマはユキを連れてテントから出た。そして全員で朝食を取った後、ユキを大口真神に乗せて花畑に向かう。

花畑に到着したところで、タクマはクレナイたちの近くに歩み寄った。

力の継承はまだ続いている様子で、クレナイたちは相変わらず光の球に覆われたままになっている。

「ナビ、二匹の様子に変化はあるか？」

ナビは困惑しつつ、タクマの質問に答える。

「それが……光に邪魔をされているせいなのか、二匹とも鑑定ができません」

「そうか……それは少し気がかりだな」

力の継承は長時間に及び、それなりの負担がクレナイとヨイヤミにかかっているはずだとタクマは考えていた。もし二匹が体力を消耗しているなら、継承が終わり次第、すぐに回復させてやらなければならない。

タクマは光が収まったらすぐに動けるよう、クレナイたちを包む光の球をじっと見つめる。

そのうちに光はだんだん弱くなっていき、タクマとナビにも、光の中にいたクレナイとヨイヤミの様子が確認できるようになる。

「ナウ？」

「ミー？」

継承の儀式を終えたクレナイとヨイヤミは、不思議そうに自分たちの体を眺めている。

タクマはクレナイたちの仕草を見て、ひとまず弱っているわけではないようだと考え、ホッと胸を撫でおろした。

その直後、クレナイとヨイヤミがタクマの存在に気付いた様子で、近くに駆け寄ってきた。

「ナーウ！」

「ミー！」

タクマはその場でかがむと、嬉しそうにじゃれついてくる二匹を撫でる。

「おお、二匹とも大丈夫だったか？　疲れてないか？　……って、あれ？」

タクマが二匹の様子を観察すると、ある変化が起きているのが分かった。

「目の色が違う。確か、両目とも同じ色だったはずだ」

最初はクレナイの両目は赤、ヨイヤミの両目は黒だった。それが今は二匹とも、片目の色が変わっている。

色が変わった方の目にはいろいろな色が混在しており、まるで万華鏡《まんげきょう》を覗いているかのような美しさだった。

「パッと見で分かる変化はこれだけか……クレナイ、ヨイヤミ。他に違和感はあるか？」

「ナーウ」

「ミィ！」

そう問いかけると、クレナイたちは首を横に振った。

タクマはひとまず安心しつつ、二匹がどう変化したのかしっかり調べることにする。

「後回しになってたが、二匹の鑑定をしてみよう。ナビ、フォローしてくれるか？」

しかし鑑定を行った瞬間、タクマとナビは表情を固くする。

「……どういうことだ？」

「……名前と種族以外、何も分かりませんね」

クレナイとヨイヤミのステータスが見られずに困惑するタクマたちに、大口真神が驚きを隠せない様子で問いかける。

「お主らの鑑定スキルは最高レベルである『極《きわみ》』だろう。それでも見ることができないというのか？」

「ちょっと待ってください……ん？」

タクマがスキルの使用に込める魔力を増やしてみると、クレナイたちのスキル欄に、ある言葉が確認できた。

「……条件未達成のためロック中!?」

ナビとタクマは、この表示を見て顔を見合わせる。

「つまり、生まれたばかりの二匹には強大すぎるスキルで、成長してなんらかの条件を達成することで初めて使えるようになる……ということでしょうか？」

「おいおい、どれだけヤバい能力を継承したんだ……？　しかも、なんで俺の魔力の供給がないと生きていけないのかって理由も結局分からないままだし……」

予想外の結果にナビとタクマが困っていると、大口真神がアドバイスする。

「タクマよ。鑑定しても分からん以上は、気に病《や》んでも仕方あるまい。それと、スキルにロックがかかっているなら、さしあたって危険があるわけではなかろう？」

タクマはその言葉にハッとして、落ち着きを取り戻す。

「そうですね……今悩んでも仕方ない。俺がしっかりクレナイとヨイヤミを守り、成長して能力が明らかになったところで対処することにします。むしろユキのように小さいうちから強大な力を得て、持て余してしまうよりいいのかもしれません」

納得のいく考えに至ったタクマは、晴れ晴れとした表情になった。

「俺と契約したってことは、新しい家族になったってことだ。どんな能力の持ち主だろうが、とにかく元気に育ってくれさえすればいいさ」

タクマがそう言ってクレナイとヨイヤミを撫でていると、ユキが騒ぎ始める。

「だーい！　あーう！」

ユキはどうやら「新しい家族なら、自分がお姉ちゃんだ」とアピールしたいらしいとタクマは考える。

「ああ、ユキはお姉ちゃんだから可愛がってやるんだぞ」

「あい！」

タクマに気持ちを汲み取ってもらえたユキは、満足げに元気に返事をしたのだった。

◇　◇　◇

同じ頃、魔族の集落ではキーラをはじめとした全員が集まり、話し合いをしていた。

「集落のうちの二人は修業の旅へ、そして僕らはタクマさんのところへ。本当にそれでいいんだね？」

集落の者たちの意思はすでに何度も聞いていたが、キーラは最終確認のつもりで、再び魔族たちに尋ねた。

「ああ」

「それでいい」

「私たちもそれでいいわ」

「人族にどう見られるのかは不安だけど、私もその選択でいいと思う」

魔族たちは口々にそう答える。彼らに、これからの新しい生活への不安がないといえば嘘になる。

だがその表情は、どこか晴れ晴れとした様子でもあった。

「うんうん、ならよかった。もしかして移住に賛成なのは僕だけかもって考えてたから、みんなも一緒なら安心できるよ」

キーラの言葉を聞き、他の魔族たちがすかさず言う。

「キーラ、私たちがあなたを一人で行かせるわけないじゃない」

「そうだ、ナーブへの報復は俺たち魔族全員のことを考えてくれてのことだろう」

「ああ。だから魔族への偏見《へんけん》を解くために移住が必要なら、全員で取り組むべきだ」

今回の魔族の移住には、パミル王国で暮らすことで、魔族が危険な存在ではないとアピールする意味も含まれている。だがそれは同時に、魔族がしばらくパミル王国の監視下に置かれるということも意味していた。

「みんな……」

自分の独断でナーブへの報復を行ったキーラだったが、そんな自分のことを思って移住という提案を受けてくれるという仲間たちの言葉に胸が熱くなり言葉を失う。

「俺たちは移住はしない。だがそれは、俺たちに力があれば、お前が一人で報復などする必要はなかったという思いからだ。修業の旅の中で絶対に強くなって、今度はキーラから助けを求められても大丈夫なようにするからな」

「待っていてくれ。次に会う時までには、必ずキーラより強くなってみせる。それまでみんなを頼むぞ」

独立派の二人は、そう言ってキーラの肩を叩く。

するとキーラの目から、今まで我慢していた涙がこぼれる。

「うん……うん……二人もありがとう……みんなのことは任せて。待ってるからね」

旅立つ二人に気がかりを残さないようにと、キーラは涙を流しながらも、笑顔で頼もしい返事をした。

「……うん！　湿っぽいのはここまでにしよう！　これから先、大変なこともあるだろうけど、きっと大丈夫。前を向いていこう！」

キーラはそう言って、予定より少し早いが、タクマに出発の準備ができたと連絡することにした。

◇　◇　◇

その頃タクマは、クレナイたちとユキが仲良く遊んでいるのを眺めていた。クレナイたちはユキに優しく接しており、温厚な性格であることが見て取れる。

「これならクレナイたちは湖畔でもうまくやれそうだな。ヴァイスたちも喜びそうだ」

タクマがそう呟いた時、キーラから念話が届いた。

（タクマさん？　今大丈夫？）

（ああ、何かあったか？）

（実は思ったより早く準備ができたから、少し早いけどタクマさんを呼ぼうってことになったんだよ。二人が外の世界に出ると決めたけど、それ以外の仲間はタクマさんのところに行ってみたいって）

（そうか……俺はもっと時間が必要かなと思ってたんだけど、それはよかった。じゃあ、そっちに行ってもいいんだな？）

（うん、もう準備も終わってるよ。いつ来てくれても大丈夫）

（分かった、少し待っていてくれ）

タクマは森の野営地を片付けてから、魔族の集落へ空間跳躍で向かうことに決めた。

そして片付けが終わるとユキを抱きかかえた。クレナイとヨイヤミは大口真神に見守ってもらうことにする。

「じゃあみんな、そろそろ移動するぞ。クレナイとヨイヤミは空間跳躍が初めてだから、大口真神様の側を離れないようにな」

「ナーウ！」

「ミー！」

その時、クレナイとヨイヤミが鳴き声を上げた。

「ん？　どうした。何かあるのか？」

卵の状態だったとはいえ、長年過ごしていたであろう場所を移動するのが不安なのかもしれない。そう思って、タクマが尋ねた。

「ナーウ……」

「ミー……」

クレナイとヨイヤミはタクマに伝えたいことがある様子で、しきりに鳴き続ける。

するとキマイラの言葉が分かる大口真神が、二匹の訴えたいことを代弁してくれた。

「タクマよ。どうやら力の継承の際、この子らはここに眠る仲間のモンスターたちから伝えられたことがあるようだ」

「そうなんですか？　一体何を伝えられてのか聞いても？」

「ここに眠るクレナイの仲間たちは、クレナイたちが孵化した後、誰かに狙《ねら》われないか危惧《きぐ》していたようだ。しかも結界が破られて、クレナイたちが孵化すれば、すぐにそういった事件が起こるだろうと心配していたらしい」

「つまり、この花畑に付近にキマイラたちと敵対する存在がいたということですか？」

「ああ、そのようだな」

「なるほど。では、魔族の集落に移動する前にその問題を片付けた方がいいですね」

大口真神とそう話した後、タクマはすぐにナビへ指示を出す。

「ナビ、周囲に敵がいないか、もう一度探ってもらえるか？」

「分かりました。もう少ししっかり探ってみます」

「そうだな。亡くなった仲間のキマイラたちが死してなお、クレナイたちを気にかけていたくらいだ。何か相当に危険な存在がいたんだろう」

ナビが周囲の気配を探っている間に、タクマはキーラに念話をし、しばらく待ってもらうように伝えた。

「しかしキマイラを狙うなんて、一体どんな目的があったんでしょう。まあ大体想像はつきますが……」

「ああ、おそらくは強力なモンスターであるキマイラを従え、力を得ようと企んでいたのであろうな」

「ナーウ……」

「ミー……」

タクマと大口真神が話していると、クレナイたちが悲しげな表情で見上げてきた。

まだ幼いクレナイたちだが、自分たちなりに何が起きたかを一生懸命訴えている。彼らが伝えてくれた内容から、大口真神が推測する。

「ふむ、タクマよ。どうやらこういったことのようだ」

大口真神が語った内容は、次のようなものだった。

キマイラたちは、もともと人間と契約を結んで生きていた。しかし、強力なキマイラの力を狙う者たちによってキマイラの主人は致命傷《ちめいしょう》を負い、成獣《せいじゅう》だったクレナイたちの仲間は殺されたのだという。理由は強力なキマイラを、成獣になってからテイムするのは困難だからだ。

そこでキマイラを卵のまま手に入れて孵化させ、支配下に置こうとしたらしい。

それを防ぐため、瀕死《ひんし》の主人は卵を結界で隔離した。そして主人自身は……キマイラを狙う者たちに一人で立ち向かい、亡くなったようだ。

「ナーウ……」

「ミー……」

大口真神が話し終えると、クレナイとヨイヤミは頭を振りながら悲しそうに俯《うつむ》く。どうやらこの反応からして、大口真神の話した内容はほぼ事実に近いのだろうとタクマは考えた。

クレナイとヨイヤミの寂しそうな様子を見ていたタクマの胸の奥に、キマイラを狙ったならず者への怒りが沸々《ふつふつ》と湧いてきた。

主従の契約を交わしているモンスターを横取りするなど、絶対にやってはならない行為だ。

（もし俺がヴァイスたちを横取りされそうになったら……おそらく我を忘れて相手を消し飛ばしてしまうだろう）

タクマはそう考え、怒りを露《あら》わにする。

「タクマ、怒るのは分かるが抑えろ。魔力が漏れているぞ。もし敵が近くにいたら、逃げられてしまう可能性もある。それに……みんなが怯えてしまうではないか」

大口真神から言われ、タクマはハッと我に返る。ここにはユキもいるし、生まれたばかりのクレナイとヨイヤミもいるのだ。殺気のこもった魔力で、悪い影響を与えるわけにはいかない。

「みんなごめんな。怖かったよな。もう落ち着いたから大丈夫だ」

タクマは、怯えてはいないもののびっくりした様子のユキ、クレナイ、ヨイヤミに謝った。

「しかし、キマイラを襲った者たちは潰《つぶ》さざるをえないな……俺の家族になったクレナイたちに害を与えた奴らを許すわけにはいかない。それにキマイラたちの中にいたはずのクレナイたちの親や、主人であったテイマーの無念も晴らしてやりたい」

「ナーウ！」

「ミー！」

タクマが親身になってくれたことが嬉しかった様子で、クレナイ、ヨイヤミは尻尾を振っている。

その時、周辺の索敵を終えたナビが、タクマの肩の上に降り立った。

「マスター、敵の気配は近くには感じられませんでした」

「敵がいない？」

「ええ。ただ、少々不審な動きをするモンスターがいます」

「それだ。そのモンスターの動きを教えてくれ」

ナビの報告を聞いたタクマは、そう指示を出した。キマイラを狙った以上、ならず者たちもテイマーであるに違いない。ならば自分たちが動かず、モンスターを使役《しえき》している可能性があると考えたのだ。

「不審なモンスターは一定の距離を取りつつこちらを窺っています。それなりに強力な個体も交ざっていますが、マスターの脅威になるような相手ではありませんね。それと、モンスターは交代しながらこちらを監視をしているようです」

「なるほど。なかなか小賢《こざか》しい動きをしているな。だが、だからこそ人間が関わっているのが丸分かりだ。で、交代した後のモンスターはどこに向かっている？」

　交代制で監視しているなら、交代後のモンスターは報告のために必ず主人のもとへ戻るはずだ。

そう考えて、タクマはナビに尋ねた。

「不審なモンスターの主人は、ここから徒歩で五時間ほど進んだ辺りにいるようです。ですがモンスターであれば、移動に掛かる時間は十数分といったところでしょう。そこにはテイマーらしき者たちが十五人ほどいます。全員そこそこの戦闘力があり、なおかつ悪党特有の淀《よど》んだ気配を放っていますね」

「そうか……不審なモンスターが主人のところに着いて報告をしたなら、奴らも動きだすかもな」

　タクマがそう予測すると、ナビが続けて報告する。

「あっ、マスター、相手が動きだしました。こちらへ向かってくるようです」

「よし、分かった。ナビはこのまま相手の動きを監視してくれ」

　タクマはそう言った後、スミレと大口真神に、ユキを守ってくれるようにお願いした。

「うむ、こちらは任せておくがいい。もしここで奴らとの戦闘になったとしても、ユキには見せないように気を配ろう」

「配慮してくださり、ありがとうございます」

　大口真神の言葉を聞き、タクマは頭を下げる。キマイラたちへの所業を考えると、相手はどんな残酷な手を使ってくるか分からない。

「あと、こっちの準備は……天叢雲剣、進化して初めての対人戦になるかもだが……分かっているよな？」

『ああ！　当然だぜ！　ユキにヤバいシーンは見せない。なるべく無傷で殲滅《せんめつ》……だろ？』

「そうだ。さすが相棒。頼むな」

タクマは腰に下げている天叢雲剣とそんな会話をし、今度はクレナイたちに目を向ける。

「クレナイとヨイヤミは……うん、俺と一緒がいいか。ほら、こっちにおいで」

タクマはクレナイとヨイヤミを抱き上げ、自分の肩に乗せる。両親の敵討《かたきう》ちとなる戦いなので、クレナイたちには間近で見せた方がいいと考えたのだ。

『しかしタクマよぉ、お前は敵に自分の姿を堂々と見せる気なのか？』

天叢雲剣がタクマに尋ねると、その言葉に続いてナビがアドバイスする。

「そうですね、相手はろくでもないならず者のようです。マスターの身元がバレないよう、久しぶりにアレを装備しては？　アレならば容姿を隠すこともできますし、相手に恐怖も与えることができると思います」

『アレ？　アレってなんだ？』

天叢雲剣は不思議そうに聞いた。

一方、タクマにはナビの言う「アレ」がなんなのか、すぐに察しがつく。

「アレか、アレはなぁ……あの頃はいいと思って使ってたんだけどな……今じゃ違和感しかない装備だし、俺の中ではできれば封印しておきたい格好なんだが……」

そう言って渋るタクマを、ナビが説得する。

「違和感があるからこそです。相手に恐怖を与え、マスターが得体の知れない者だと認識させるにはピッタリではないですか」

ナビがゴリ押ししているその装備は、以前コラルの息子とやり合った時に使ったものである。

ナビがしつこく勧めてくるので、タクマは仕方なく提案に乗り、アイテムボックスから装備を取り出して着替える。

その装備とは、ヴェルドミールの世界では違和感が半端ない、アメリカの特殊部隊の装備を模したものであった。

上半身は黒のインナーにタクティカルベスト、下半身は黒のカーゴパンツにタクティカルブーツ。

そして頭部は、ゴーグルつきのヘルメットという格好だ。更には太ももにホルスターを装着し、ホルスターの中には銃を入れている。ちなみにこの銃は、転移者の瀬川雄太《せがわゆうた》が作ったものだ。

『あはははは、すっげえ怪しい！　まさにやべえ奴だ！』

天叢雲剣にからかわれ、さすがにタクマは恥ずかしくなる。だがナビの言う通り、この怪しさが敵には威圧感を与えるかもしれない……とプラスに考えることにするのだった。

5　相手は何者？

　タクマが準備を済ませると同時に、ナビが敵の動きを報告する。

「相手の移動速度はかなり速いです。従魔に騎乗して向かっています」

「そうか……交代制の監視といい、それなりにモンスターを操ることができるらしいな」

　タクマと守護獣のような対等な関係と違い、普通のテイマーは術者が支配者という従属した関係になることが多く、モンスターが自主的に動くことはない。このため、タクマはあえて「操る」という言葉を使った。

「まったく……従魔をもののように扱って悪事をさせるなんて。モンスターは道具ではないんだけどな……」

　タクマが悲しげに呟くと、ナビが慰《なぐさ》めるように言う。

「マスター、すべてのテイマーがモンスターを道具のように扱うわけではないはずです。健全なテイマーはマスターと同じように、従魔を家族や友人のように扱っているかと」

「そうだよな。きっとそんなテイマーたちもいるよな。いつか普通のテイマーにも会ってみたいもんだ……」

「そうですね……」

落ち込んでいるタクマに悲しげに同調するナビ。だが次の瞬間、ハッとした様子で告げる。

「マスター、そろそろ敵が来ます。マスターなら問題なく対処できると思いますが、油断はしないでください。それと……あなたもですよ、天叢雲剣。進化したからといって調子に乗らないようにしてくださいね」

「分かった。天叢雲剣、準備は？」

『分かってるって、油断大敵って気持ちでいくぜ！』

タクマがナビと天叢雲剣とそんな会話を交わしていると、遠くから花畑に向かってくる影が見えた。

「さあ、戦いが始まるぞ。クレナイとヨイヤミも準備はいいな？」

「ナー！」

「ミー！」

タクマの問いかけに、クレナイたちは力強く返事をした。生まれたばかりの二匹だが、これから戦いに備えなければいけないと本能で察した様子だ。

やがて遠くに見えた黒い影が、タクマたちの目の前に到着する。

遠くにいる時に黒い影に見えていたものは、巨大な黒い馬のモンスターとそれに騎乗する大柄な男たちだった。

「貴様が封印を破った奴か？」

男の一人が、横柄《おうへい》な態度でタクマに問いかけた。フードつきのマントを身に着け、フードを目深《まぶか》にかぶっているため、顔は確認できない。

「さあどうだろうな。だったらどうする。別にあんたらには関係ないと思うがね」

そっけなく答えるタクマを、フードの男が更に問いつめる。

「肩にいるモンスターが何よりの証明だ。貴様が結界を解除してそのモンスターを手に入れたのだろう。怪しい格好をしていないで、武装を解除して顔を見せろ。そしてそのモンスターをこちらに寄こせ。大人しく命令に従うのなら、命だけは助けてやろう。最初に言っておくが、抵抗しても無駄だぞ。俺の乗るこのブラックホースは高位モンスターだ。貴様がどんな手段を取ろうと、一瞬で殺すことができる」

「へえ……そうかい。俺の連れを殺すのか。そいつは怖いな」

タクマは薄い笑みを浮かべたまま何も行動に移さない。

その間に、ナビが速やかに相手の鑑定を済ませ、タクマに念話で情報を伝える。

(マスター、彼らは裏社会のテイマーギルド『傀儡師《くぐつし》』の構成員です)

ナビのおかげで、彼らが完全なる悪党だということが確認できた。『傀儡師』たちはレアなモンスターを襲って無理やり従えたり、テイマーを殺してモンスター奪ったりしている犯罪者集団だった。

ナビが鑑定を行っている間にも、男たちは勝手なことをまくしたてる。

「キマイラは貴様にはすぎた代物だ」

「そうだ、俺たちが長年狙っていたんだぞ！」

「テイマーを殺してようやく手に入れる算段がついたのに、邪魔をしやがって」

『傀儡師』の男たちの身勝手な主張と残酷な仕打ちを聞き、タクマだけでなく、クレナイ、ヨイヤミ、大口真神にも沸々と怒りが湧いてきたようだ。

特にクレナイとヨイヤミは、すさまじく怒っていた。

そんな状況の中で、『傀儡師』の男たちは言ってはならないことを口にしてしまう。

「キマイラなんぞ、いくら珍しくてもテイムが大変だから殺したんだ」

「それに我らが欲するのは、キマイラの中でも選りすぐりの希少種のみだからな」

「ああ、欲している普通とは違った毛色のものが、まさか二匹もいたとは……！」

男たちはそう言うと、ニタニタしながらクレナイ、ヨイヤミを見た。

クレナイとヨイヤミはその言葉を聞き、怒りのあまり自らの魔力を解放する。

いくらスキルを制限されていても、継承によって膨大な魔力を受け継いだクレナイたちは、それだけで相手を威圧することができた。

「な、なんだ⁉　この魔力は！」

男たちもタクマの肩にいるクレナイたちの怒りが伝わって、二匹の剣幕に恐れおののく。

（マスター、これ以上は危険です！　クレナイたちを落ち着かせてください！）

ナビは慌ててタクマにそう伝えた。まだ赤ちゃんの二匹にとって、これほどの魔力を放出するのは命に関わる危険な行為なのだ。

タクマは急いで肩に乗っている二匹を抱っこし、冷静になるように声を掛ける。

「クレナイ！　ヨイヤミ！　これ以上はダメだ！　落ち着け！」

「シャーーー！」

「クルルルル！」

しかしクレナイとヨイヤミは威嚇《いかく》を続ける。タクマの声も届かないほど、二匹の怒りは強かったのだ。

タクマは二匹が魔力不足に陥《おちい》るのではないかと思い、自分の魔力を与えようとしたが、クレナイたちはなぜか受け入れない。

タクマが困っていると、天叢雲剣が念話で助言する。

（タクマ！　魔力じゃなく、お前の神力を使って落ち着かせるんだ！　たとえ魔力を与えても、また威圧のために放出するだけだぞ！）

タクマはすぐに魔力を放つのを止め、神力を練り上げる。そして練り上げた神力をゆっくりと少しずつクレナイたちに纏《まと》わせていく。

するとすぐに二匹の魔力の放出速度が遅くなり、やがて完全に止まった。

急に魔力を放出した負担が大きかったのか、クレナイたちは脱力し、意識を失っていた。

（ナビ！　二匹の様子を調べてくれ）

タクマは念話を使い、急いでナビにお願いする。

（マスター、大丈夫です。命に別条はありません）

即座に鑑定を終えたナビが、タクマにそう伝えた。

タクマはクレナイたちを抱っこし、後ろに控えている大口真神に預ける。

「あああああー！　あいいいいいー！」

大口真神に乗っているユキが、タクマに向かって叫んだ。先ほどの『傀儡師』の男たちの言葉がひどいものだと理解し、心から怒っているのだ。

「分かってる、分かってるよユキ。絶対許すなって言っているんだろ？　俺も怒っているさ。大丈夫、あいつらを許すことはないからな。ユキの分の怒りも、しっかりぶつけるさ」

タクマはそう言いながら、ユキの頭を優しく撫でる。

「大口真神様、二匹のことをお願いします」

「無論だ。それはともかくとして、奴らのことはどう断罪する。殲滅するか？　罪のないモンスターや人間を私利私欲のために殺《あや》めるなど、万死《ばんし》に値する」

ユキと同じように憤っている大口真神に問われ、タクマは答える。

「万死に値するというのに同意です。ですが、ユキやクレナイたちに人死《ひとじ》にはなるべく見せたくありません。何より……俺にはあれがありますから」

タクマの言葉を聞き、大口真神はニヤリと笑う。

「ふふふ……そうか、お主にはあれがあったな。お主が甘い行動を取るのなら、我が直接手を下すことも厭《いと》わないつもりだったが……それならば、ひとまずお主に任せよう」

大口真神が暴れるつもりだったと知り、タクマは少し焦りながら言う。

「ま、まあ、俺に任せてください。奴らを許す気など毛頭《もうとう》ありませんから」

神が怒りのまま動くとなれば、想像以上に凄惨《せいさん》な事態になりかねない。

だが『傀儡師』の男たちがそれほどまでに大口真神の怒りを買う行為をしていることを、タクマはしっかりと受け止めた。

そしてこの戦闘の影響がユキやクレナイたちに及ばないよう、厳重に自分と男たちの周囲に不可視と遮音《しゃおん》の効果を持つ結界を張る。

戦いの準備を終えたところで、タクマは天叢雲剣を抜き、『傀儡師』の男たちの方へ向き直った。

「なあ、お前たちはなぜそんなひどいことができるんだ？　従魔になるモンスターにだって意思はあるんだぞ？　襲って従えたり、主人のいるモンスターを奪ったりなんて、やってはいけないことだと分かるだろう。従魔は相棒だ。奴隷《どれい》ではないし、兵器でもない。お互いに信頼し合い、守り合うべき大事な存在を奪い、あまつさえ殺すなど、言語道断だぞ」

タクマの言葉を男たちは鼻で笑う。

「はあ？　モンスターに意思だあ？」

「何を馬鹿なことを。あんな獣畜生《けものちくしょう》に意思などあるわけがない」

「モンスターなど、俺たちのような選ばれた特殊技能の持ち主に使われる道具でしかないからな」

「役に立たなくなれば装備を変えるだろう？　テイムするモンスターたちもそれと同じだ。使えなくなれば殺し、使える道具を手に入れる。それだけだ」

耳を覆いたくなるようなゲスな言葉に、タクマは心が冷めていくのを感じる。

「……それはすべてのテイマーがそう考えているのか？　それともお前たち闇ギルド『傀儡師』だけの考えか」

タクマがギルドの名前を出した途端、『傀儡師』の男たちは顔色を変え、警戒心を露わにする。

タクマは男たちの動揺を無視し、彼らを睨《にら》みつけながら続けた。

「なあ、答えてくれよ『傀儡師』さん。お前たちの考えは当たり前なのか？　それとも、真っ当なテイマーからは許されない外道《げどう》な思想なのか？」

「……表の奴らには我らの考えは理解できない」

「モンスターが仲間？　相棒？　そんな腑抜《ふぬ》けた考えで、テイマーが強くなるはずないだろう」

「力を得るためには、情など不要。必要なのは強力な道具、兵器なのだ。貴様の言う情など、弱さへの言い訳でしかない。だから表の連中は弱いのだ」

その答えを聞いたタクマは少しだけ安心した。『傀儡師』の考えは異端《いたん》であり、決して許すべきではないと分かったからだ。

万が一、一般的なテイマーギルドまでこの男たちと同じ考えであったとしたら……タクマは彼らも同じように潰さなければならないところだった。

「俺は守護獣であるヴァイスたちと対等に生きてきたつもりだ。人と守護獣というような種族の垣根を越えて相手を尊重し合ってきた。だからこそ、お前らの考えは容認できない。それに、そんな考えが異端であると分かって本当にホッとしたよ」

タクマが安堵《あんど》から思わず笑みを浮かべると、男たちは怒りながら叫ぶ。

「貴様！　我らの崇高《すうこう》な思想に異を唱えるか！」

「異も何も、お前らの考えが異端なのは事実だろう。だから裏社会でしか生きられない闇ギルドに堕《お》ちたんだ。まったく……お前らに使われるモンスターたちが不憫《ふびん》だよ。今乗っている、その子たちも解放してやれ。お前らにはもったいない子たちだ」

タクマは辛辣《しんらつ》な言葉を続けながら、男たちの乗っているブラックホースに憐《あわれ》みの視線を向ける。

「みんなかわいそうに……自分たちの気持ちを分かってくれない者に使役されるなんてな」

タクマは、今度はブラックホースに語りかける。

「お前たちはどうしたいんだ？　このまま使い潰されてもいいのか？」

タクマはブラックホースをじっと見つめる。

彼らは悲しそうな顔をしてタクマを見つめ返し、必死に何かを訴えようとしている。見るからにボロボロな姿の彼らは、こう懇願《こんがん》している様子だった。

——もう嫌だ。こき使われて辛い。

——怪我や病気をしても手当てをしてくれない。

——助けて。死にたくない。自由になりたい。

タクマは守護獣たちと心を通わせてきた長年の経験から、ブラックホースの心の声を悟り、更に怒りの炎を燃え上がらせる。

「従魔がここまで助けを求めるなんて、よほどひどい仕打ちをしていたんだな……そんな度しがたいクズであるお前らに、モンスターを従える資格はない」

「なっ⁉ なんだと⁉」

「し、資格がない⁉ ふざけるな！」

タクマに糾弾された『傀儡師』の男たちは憤り、武器を抜こうとする。

しかし次の瞬間、男たちはブルブルと震えながらその動きを止めた。これ以上先に進むと確実に死が待っていることを本能で感じたからだ。

恐怖の原因はタクマの魔力による威圧だ。男たちは寒くもないのに震えが止まらず、全身から冷たい汗が噴《ふ》き出している。

「ふざけるな？ いやいやそれはこっちの台詞だ。お前らがテイマーを名乗ること自体がふざけるな、だ」

動けなくなった男たちに向かって、タクマはゆっくり歩み寄っていく。

一歩、また一歩と近付くたびに男たちの震えは増し、更に冷や汗が流れる。

ちなみにブラックホースも、タクマの威圧に屈して気絶してしまっていた。タクマは従魔たちを無駄に死なせる気はないので、男たちよりも強く威圧し、戦いに巻き込まないように無力化したのだ。

タクマからは、抵抗するどころか、少しでも動こうものならこの世から消し去られてしまうだろうと感じさせるほどの絶望的な殺気が溢れていた。

タクマは恐怖で震えている『傀儡師』の男たちの目の前まで近寄ると、彼らを睨みながら言う。

「……何度でも言ってやる。理解しろ。お前らにテイマーの資格はない。主役が目覚めてから、ゆっくりと報《むく》いを受けさせてやる。もうしばらく待っていろ」

タクマはそう宣言すると威圧を継続し、クレナイとヨイヤミの回復を待つのだった。

6　受け継いだ記憶

同じ頃、意識を失ったクレナイとヨイヤミは、夢を見ていた。

その夢とは、花畑で眠っている仲間たちの記憶である。力の継承によって、クレナイとヨイヤミには、魔力だけでなく、仲間の記憶の断片も引き継がれていた。

夢の中では、仲間のキマイラたちが一人の人間に寄り添って生きていた。

キマイラたちはその人間と共に、様々な場所を旅していた。楽しいことも辛いこともその人間と一緒に経験し、成長していく。

キマイラたちはその人間と深い絆を持ち、彼のことが大好きだった。

そして旅の途中で、とあるキマイラの番《つがい》に卵が生まれる。クレナイとヨイヤミには、その番が自分たちの両親であることが分かった。

両親を含めたキマイラたち、そして主人であるテイマーの人間は、卵が生まれてから綺麗な花畑で暮らし始める。卵の色から誕生する赤ちゃんが希少種であると分かり、誰にも邪魔されない静かな場所で孵化してほしいと考えたのだ。

それからしばらくは、キマイラたちも主人であるテイマーも、綺麗な花畑で卵が孵《かえ》るのを心待ちにして過ごすという、優しさに包まれた暮らしが続いていた。

だが、そんな幸せな時間は壊される。

キマイラたちの主人の前に、『傀儡師』の男たちが現れたのだ。

「キマイラの卵を寄こせ」

男たちは主人にそう要求した。

だがもちろん、主人の答えはノーだった。男たちが従魔を大事にするようなテイマーではないことをすぐに悟ったためだ。

両親と仲間のキマイラたちは、主人が男たちの気を逸《そ》らしている隙《すき》に、そっと魔力で生み出した岩の中に卵を封印した。

主人は男たちに、卵は離れた場所に隠していると嘘をつき、花畑から離れた。この美しい花畑は、卵たちが無事に孵るための場所として守りたいと考えたからだ。

騙《だま》されて花畑を離れた男たちに、キマイラたちが襲いかかる。

男たちが連れている従魔はとても強く、一匹、また一匹とキマイラたちは倒されていく。

従魔を戦わせて自分たちは戦いには参加しない男たちとは違い、キマイラたちの主人は自らも共に戦った。

主人とキマイラたちはボロボロになりつつも、なんとか『傀儡師』の男たちを撃退することができた。

だが結局、この戦いで受けた傷が原因で、生き残ったキマイラたちもしばらくして死んでしまった。その中には、クレナイとヨイヤミの両親も含まれていた。主人も大きなダメージを受け、顔には大きな傷跡が残り、更には右腕を失っていた。

その後、相棒であるキマイラを失った主人を更なる暴力が襲う。態勢を立て直した『傀儡師』の男たちが戻ってきたのだ。男たちは素材になるキマイラの遺骸と、孵る前の卵を手に入れようと、主人を殺すつもりだった。

主人は亡くなったキマイラたちが汚されないように、そして自分やキマイラたちが慈《いつく》しんで育てていた卵を守るために、特殊な結界を施した。

そして主人はたった一人で悪《あ》しきテイマー集団『傀儡師』と戦って討たれてしまったのだ。遺体は無残にもそのまま打ち捨てられ、朽《く》ち果ててしまった。

◇　◇　◇

クレナイとヨイヤミが夢を見ているのと同じ頃。

大口真神もクレナイとヨイヤミの精神に同調し、彼らが見ている夢を通じて、キマイラたちの過去の記憶に触れていた。

「なんとむごいことか……」

何事にも動じない大口真神だが、この悲しい記憶を見てさすがにショックを受けて呟く。

「だが、このキマイラたちと主人のお互いに支え合う関係こそ、本来テイマーたちが目指すところだろう。だからこそ、それに反する者たちを許してはいけないな」

大口真神はそう言いながら、目の前で眠っているクレナイとヨイヤミに目を向ける。

クレナイとヨイヤミの周囲は、タクマが与えた金色の神力で覆われている。

二匹が眠っていた理由は魔力切れのためだけでなく、タクマが先ほど神力を注いだためでもあった。神力の聖なる力は、幼いクレナイたちを『傀儡師』の男たちの悪意から隔離するために、眠りという作用を与えたのである。

その時、眠っているはずのクレナイとヨイヤミが声を上げる。

「ナウー……」

「ミー……」

二匹は、自分たちを覆っているタクマの金色の神力を吸収し始めた。そしてすべての神力を吸収すると、ゆっくりと目を開く。

大口真神は、二匹に異常がないか調べるために鑑定を行う。すると、意外なことが分かった。

「なんと……タクマの力を吸収し、能力を覚醒《かくせい》させたか」

クレナイとヨイヤミは、それぞれ封印されていたスキルの一つを解放していた。その力があれば、二匹は『傀儡師』の男たちと戦うこともできるだろう。大口真神はそう考えた。

「気が付いたな。お主ら、夢は覚えておるか？」

「ナウー！」

「ミー！」

大口真神の問いかけに、クレナイとヨイヤミは怒りの滲む表情で頷いた。

大口真神は二匹の表情を見た上で、自身の考えを伝えていく。

「そうか……怒っているか。それならば、お主らの両親を殺した者どもを断罪するのは、お主たち自身であるべきだろう。両親の敵《かたき》であり、自分の主人になりえた存在の敵なのだからな。そのための力が、すでにお主らにはある。分かるであろう、己に新たな能力が目覚めていることが」

「ナウ？」

「ミ？」

まだ自分たちのスキルが解放されていると自覚していなかったクレナイとヨイヤミは、大口真神の言葉を受けて目を瞑る。

「ナウ！」

「ミ！」

そして直後、自身の体の中に新たな力が宿っていることに気付き、目を開いて大きく頷きながら鳴いた。

「ふむ、分かったようだな。己の力が。そして両親の敵《かたき》を討つという気持ちも十分ということか」

クレナイとヨイヤミに戦う意思を感じた大口真神は、二匹に戦うために必要なことを説明していく。

「本来ならば、お主らの力を十全に使うためには修練が必要だ。とても大きく、危険な力だからな。しかし事態が切迫している今、そんな暇はない。そこで今回は我が手助けをしよう。力の制御は我が担《にな》うゆえ、お主らはただ力を行使《こうし》するだけでいい。今回の戦いが終わった後に、ゆっくり力の扱いを教えてやろう」

「ナアー！」

「ミイー！」

自分たちも戦いに参加できると分かって気合いが入ったのか、クレナイとヨイヤミは力強く声を上げた。

幼いながらに頼もしい二匹の姿に、大口真神は満足げに微笑む。そして、タクマに念話を送る。

（タクマよ、クレナイとヨイヤミが目覚め、お主の神力でスキルを覚醒させたぞ。あの子らが敵討ちに参加できるよう、結界を解除するのだ）

結界の中で念話を受けたタクマは、驚いて聞き返す。

（えっ⁉　あのロックされていたスキルをですか？）

（ああ。そして力の継承によって、クレナイとヨイヤミ、そして死んでいったキマイラたちの記憶……つまり、『傀儡師』とか名乗る者どもがキマイラたちにどんな仕打ちをしたのか、我は子細《しさい》に知ることができた）

大口真神から『傀儡師』の悪行を説明され、タクマは改めて怒りに燃える。

そしてクレナイたちのスキルが解放されたのであれば、先ほど男たちに告げた通り、裁《さば》きはクレナイたちの手で行うべきだと考えた。

タクマはおもむろに結界を解除する。

その途端、クレナイとヨイヤミが鳴き声を上げながら、タクマの胸に飛び込んできた。

「ナー！」

「ミー！」

「おお。クレナイ、ヨイヤミ。無事に目を覚ましてよかった」

二匹を抱きとめながら、タクマはそう声を掛けた。

「ナウー……」

「ミー……」

クレナイとヨイヤミは、タクマに悲しい気持ちを訴えるように辛そうに鳴く。

「ああ。お前たちの仲間に起きたことは大口真神様からしっかりと聞いているぞ。幼いお前たちには酷《こく》かもしれんが……敵《かたき》を討つために戦えるか？」

「ナー！」

「ミー！」

タクマの問いかけを聞き、クレナイとヨイヤミは「もちろん！」と言っているかのような力強い声を上げた。

「よし、じゃあ始めるぞ」

タクマは二匹と共に、改めて『傀儡師』の男たちに相対《あいたい》した。

「ここからはお前たちにとって地獄《じごく》になるだろう。自分たちの犯した罪の重さに潰されるといい」

タクマはそう宣言すると、男たちへの威圧を弱め、自由を与える。まったく動けない者をいたぶるのはフェアではないと考えたのだ。

威圧が弱まり、動けるようになった『傀儡師』の男たちは、あっという間にタクマへの恐怖を忘れ、キマイラの希少種であるクレナイたちに欲望で満ちた眼差しを向ける。

その視線に憤ったのか、クレナイが前に進み出る。

「シャー！　ナウー！」

クレナイは幼いながらも、怒りのこもった咆哮《ほうこう》を上げる。するとその体表から真紅《しんく》の炎が噴き出し、クレナイは炎を纏ったような姿になる。

この力こそが、タクマの神力で覚醒したクレナイのスキルだった。

「おお、これが希少種の力!?　まさか魔法を自由に使えるとは！」

「まさに我々が手に入れるべき道具だ」

「ああ。殺したキマイラどもより、はるかに便利に使えそうだな！」

『傀儡師』の男たちは自分たちが置かれている状況を忘れ、クレナイの能力を見て歓喜した。

だが男たちの発言は、クレナイに更なる怒りを与えた。

「グルルルルー！」

叫ぶと同時に、クレナイが体に纏っている炎の形が変化する。

次の瞬間、クレナイの周囲には巨大な鎌の刃のような形の炎が浮遊していた。その数はすぐには数えきれないほどだ。

「シャー！　ナウー！」

怒りに燃えるクレナイは、威嚇するような声を出した。クレナイはこれらの刃で、『傀儡師』の男たち全員を同時に攻撃するつもりなのだ。

「ふむ……クレナイは思った以上に魔力の質が高いな。しかし、これでは奴らを燃やし尽くしてしまうぞ」

後方からクレナイたちの戦いを見守っていた大口真神は、そう呟いてクレナイの魔力を制御する。

すると炎の鎌の大きさは、先ほどの半分になった。

しかし半分になったといっても、クレナイの魔法の威力のすさまじさは『傀儡師』の男たちにも簡単に想像がついた。

「ちょ、ちょ……待っ……」

つい先ほどまで浮かれていた男たちだったが、顔を引きつらせ、クレナイを制止する言葉を口にしかける。

しかし、クレナイがそれに耳を貸すはずもない。

「ナー！」

クレナイは気合いのこもった声と共に、炎の刃を男たちに浴びせる。

炎の刃は男たちに襲いかかり、いとも簡単に全員の片腕を切断した。

高熱の炎で腕を切り落とされ、男たちが絶叫する。

その声を無視し、クレナイは今度は火の玉を作った。

しかし先ほどの炎の刃と同じく大きすぎたため、大口真神が制御して小さくする。

大きさの調整が終わると、クレナイはできあがった火の玉を男たち全員の顔へ押しつけた。

再び汚い叫び声が響き渡る。だが、タクマたちに憐みの心は起きなかった。

「クレナイは主人が負った傷を、そのままこいつらに返したかったんだな」

「ナウ！」

クレナイはタクマの問いに、胸を張って頷いた。

クレナイたちの両親が大好きだった主人。その主人は『傀儡師』の男たちに腕を切られ、顔に大きな傷跡を残され、それが亡くなる一因となった。それと同じことを、クレナイはそのまま返しているだけなのだ。

ちなみにユキは、この戦いが始まる前に大口真神によって眠らされていた。赤ちゃんであるユキに、激しい戦闘や男たちの末路を見せるつもりはないからだ。

クレナイは攻撃の手を休め、地面に転がっている『傀儡師』の男たちを冷たい目で一瞥《いちべつ》する。

クレナイが攻撃をやめたのは、男たちを憐れんだからではない。これ以上肉体にダメージを与えれば、「死」という逃げ場を与えてしまうと考えたからだ。

男たちに自分たちがしてきたことの報いを受けさせるという目的は達成したものの、クレナイにもそれなりに疲労が溜まっていた。目覚めて間もない力を行使しては、さすがに体力の限界が訪れていたのだ。

『傀儡師』の男たちに報いを与え、両親たちの無念を晴らすという立派な使命を果たしたクレナイだったが、男たちの行く末を確認できるような体力は残っておらず、タクマの肩に乗ってぐったりする。

「ナ、ナウー……」

弱々しい声で鳴くクレナイに対し、タクマは優しい笑みを浮かべる。

「偉かったぞクレナイ。お疲れ様、ゆっくり休むんだぞ」

タクマは頑張ったクレナイを優しく撫でて労《いた》わると、自分の肩から降ろして大口真神に預けた。

「さあ次はヨイヤミの番か。敵は瀕死だがどうする？　このまま続けるか？　たぶんこの連中は途中で力尽きてしまうと思うが……」

タクマはヨイヤミに、裁きを続けるかどうかを確認する。

「クルルルル……」

ヨイヤミはそう鳴き声を上げ、嫌そうな表情を浮かべた。

その表情を見た大口真神が、ヨイヤミの気持ちをタクマに代弁する。

「クレナイにこやつらを殺すつもりはないし、それはヨイヤミも同じそうだ。死をもって償《つぐ》なわせるのではなく、この世の終わりのような絶望を与えるのが望みらしい」

「そうか。つまりヨイヤミも、両親の無念を晴らしたいってことだな」

「ミー！」

タクマの言葉に同意を示すように、ヨイヤミは嬉しそうに鳴く。

そこでタクマはすぐに男たちの傷を塞《ふさ》ぎ、痛みを和《やわ》らげた。ただしこれはあくまでもヨイヤミにも敵討ちの機会を与えるためだ。

痛みは我慢できるギリギリ程度で抑え、傷も塞ぐのみで完全に治癒《ちゆ》はさせない。

「うう……」

ぐったりしていた男たちは、タクマの応急処置で息を吹き返してうめき声を上げた。

「ま、待ってくれ……」

「……なんだ？」

『傀儡師』の男たちに言われ、タクマは彼らの方へ向き直った。今更ではあるが、もしかしたらこの男たちが改心したという可能性も、ゼロではないと考えたのだ。

ところが男たちが口にしたのは命乞《いのちご》いや謝罪ではなく、とんでもない言葉だった。

「お、俺たちが何をしてたって言うんだ！　たかがモンスターを殺しただけだろ！」

「そうだ、使えないモンスターを始末しただけじゃないか！」

「モンスターは人間に使役されるための存在だ！　俺たちは何も悪くない！」

口々に聞くに耐えない自分勝手な言葉を喚《わめ》き散らす男たち。

「ミイイイー！」

クレナイよりやや大人しい性格のヨイヤミだが、さすがに我慢できなかった様子で、怒りの声を上げた。

その叫びと同時に、ヨイヤミの魔力が解放された。すると辺りに真っ黒な霧のようなものが発生する。

ヨイヤミが生み出したその霧は、揺らめきながら『傀儡師』の男たち纏わりついていく。

「う……な、なんだこの霧は……」

男たちは纏わりつく黒い霧を振り払おうとする。だが振り払おうとすればするほど、霧は男たちに絡みつく。

そのうち黒い霧は、徐々に男たちの体の中へ侵入を始めた。

「ヒ、ヒィ……」

得体の知れない魔力が体内に入ってくる恐怖から、男たちは情けない声を上げる。

そしてすべての霧が男たち全員の体内に吸収された頃、彼らは違和感に気付き、狼狽《うろた》えて叫ぶ。

「なっ……こ、これは⁉　どういうことだ⁉」

「そんな！　従魔との魔力の繋がりが途切れたぞ！」

「ば、馬鹿な⁉　テイムしたモンスターとの主人契約が消えたということか⁉」

男たちの様子を見て、タクマはヨイヤミの霧がなんらかの作用を起こしたのだと判断する。

そしてヨイヤミの能力がどんなものなのか知るために、『傀儡師』の男たちを鑑定した。

「なるほど……呪《のろ》いか」

鑑定が終わり、タクマはそう呟いた。

ヨイヤミが発生させた黒い霧は「呪いの霧」というスキルだった。その呪いの内容は、霧を吸収させた相手のすべての能力を封印し、使用できなくするというもの。

しかも鑑定によると、呪いを受けた後にスキルを使おうとすると、五感がすべてなくなるという恐ろしい効果まであると分かった。

「身から出た錆《さび》だな。さっきの霧で、テイムスキルをはじめとしたお前らの能力はすべて使えなくなったぞ。しかも無理に使おうとすれば、更なるペナルティが待っている。お前らにとって、それは地獄だろうな」

タクマがそう告げると、『傀儡師』の男たちはうなだれて絶望した。

「ミイ！」

男たちがガックリと肩を落としている様子を見て、ヨイヤミは満足げに鳴いた。

「ミ、ミイ……？」

だがその後すぐ、クレナイと同じ症状がヨイヤミを襲った。強大な力を初めて使ったため、いくら大口真神の制御があったとはいえ、幼いヨイヤミには体力的にきつかったのだ。

タクマは眠たげなヨイヤミを抱っこし、大口真神の背中に乗せる。そして先ほどから自分の肩の上で丸まって寝ていたクレナイも、ヨイヤミの隣に寝かせた。

「では大口真神様、しばらく二匹を頼みます」

「うむ……ではアレをやるのだな？」

大口真神にそう尋ねられ、タクマは表情を引き締めて頷いた。

そして『傀儡師』の男たちの方へ向き直り、彼らと真正面から対峙する。

「これでお前らはテイマーとしての能力を失い、体の一部も失った。亡くなったテイマーとキマイラたちに詫《わ》びながら、自分の無力さと共に生きていけ……と、言いたいところだが」

タクマはそこで一度言葉を切り、『傀儡師』の男たちを見据《みす》えた。

「お前らをこのまま野放しにはできない」

「「「なっ!?」」」

ひどいダメージは負ったものの、これで解放されるとばかり考えていた男たちは、一斉に絶望した声を上げた。

（ナビ、さっきの情報は確かなんだよな）

タクマはナビに、そう念話で確認した。

（ええ、確かです。凶悪すぎて吐き気がしますね）

タクマたちが戦っている間、ナビは闇ギルド『傀儡師』の悪行を更に詳しく調べていた。

その結果、『傀儡師』が与えた被害は、想像以上に残忍なものであることが分かったのだ。

テイムして服従させたモンスターたちを、余興のために親子同士や仲間同士で殺し合いをさせたり、まだ赤ちゃんのモンスターを飼育が面倒になったからというだけで殺したりと、悪逆非道の限りを尽くしていた。

それだけでなく、テイムしたモンスターたちの強さを知るために遊び半分で人間の村を襲わせ、男たちを殺して女子供は人身売買するという、とんでもない所業も行っていた。

「お前らはテイマーとしてどころか、人間としてやってはならない禁忌《きんき》を犯した。その罪は償ってもらう」

タクマは『傀儡師』の男たちに、そう言い放つ。そして、以前身につけたスキル「地獄絵図」を問答無用で行使した。

スキルが発動すると男たちの足下から無数の黒い手が伸び、彼らの足に絡みつく。男たちは悲鳴を上げながら、自らの影の中へ引きずり込まれていった。

このスキルは、罪を犯した者をタクマのイメージする地獄に落とし、魂《たましい》が浄化されるまで永遠に罰を与え続けるというものだ。

これだけ罪を重ねた者たちであれば、おそらく半永久的に解放されることはないだろうとタクマは推測する。

こうして闇ギルド『傀儡師』は、完全に壊滅した。

「まったく……最低最悪な奴らだったたな。これでキマイラたちもその主人も、今まで犠牲となった人々も、安らかに眠ってくれるといいんだが……」

ようやく静けさを取り戻した花畑で、一人そう呟くタクマ。

その時、花畑から光の粒子が立ちのぼり始めた。

タクマが幻想的な光景に見とれていると、そのうち粒子は一ヶ所に集まり、徐々に形をなしていく。

（……これは、霊？　いや、違うな。なんとなくだが、俺たちに何かを言いたがっているみたいな気がする……）

タクマがそう考えながらしばらく眺めていると、集まった光は三つに分かれ、それぞれの形が徐々にはっきりしてきた。

最終的に光の粒子は、光を纏った人間の男性、そしてその傍《かたわ》らに立つ二匹のキマイラという姿に変化する。

男性は笑みを浮かべており、キマイラ二匹も穏やかな様子だ。そして一人と二匹は、大口真神の背中の上で眠っているクレナイとヨイヤミを、愛おしげな眼差しで見つめている。

「どうやら、彼らはクレナイたちの両親と、その主人の思念体のようだな」

「ええ……肉体が滅びても、クレナイたちの行く末が気になっていたのでしょうね」

大口真神とタクマがそんな風に会話しているうちに、クレナイとヨイヤミが何かに気付いたように体をモゾモゾと動かす。

「ナ……」

「ミ……」

「クレナイ、ヨイヤミ。お前たちに会うために待ってる人たちがいるぞ。ほら、起きてあっちを見てみろ」

まだ寝ぼけ気味なクレナイとヨイヤミに、タクマはそう伝える。

「ナウ？」

「ミイ？」

クレナイたちは促されるまま、タクマの視線の先に目を向ける。

そして次の瞬間、クレナイとヨイヤミは大きな鳴き声を上げ、大口真神の背中から飛び降り、男性とキマイラたちのところへ走りだした。

「ナー！」

「ミー！」

嬉しそうに両親のキマイラに向かってジャンプする二匹。しかし、優しく受け止めてくれると考えていたクレナイたちの期待は、悲しいことに裏切られてしまう。

両親のキマイラは実体を持たない思念体なので、クレナイたちと触れ合うことはできないのだ。

「ナアア……」

「ミイイ……」

夢の中でしか知らなかった両親に初めて会えたのに、触れることができない。それを理解したクレナイとヨイヤミは、悲しくて泣きだしてしまった。

ぽろぽろと涙を流しながら自分たちの周りをウロウロするクレナイとヨイヤミを、両親のキマイラたちはじっと見つめている。

そのうち、両親たちの視線から何かを感じ取ったのか、クレナイたちが顔を上げた。

するとクレナイたちの頭の中に、両親の思念体の心の声のようなものが流れ込んできた。

——お前たち、泣くんじゃないぞ。そんなに泣いていては、心配で安心して眠れない。

——そうよ。私たちのためにも、あなたたちには幸せになってほしいの。

——我々は、お前たちと一緒に生きることはできない。でも力の継承を経て、我々の魂はお前たちの側にいるからな。

——だから、これから新しい主人のもとで楽しく暮らすのよ。

クレナイとヨイヤミは両親の思念体をじっと見上げながら、彼らの言葉に聞き入っていた。

「ナウー……」

「ミイイー……」

そして生きて再会することはできなかったが、両親が自分たちを今も愛してくれていると知って胸がいっぱいになり、思わず鳴き声を上げるのだった。

——やあ、君が僕たちの悲願《ひがん》を叶えてくれたんだね。

タクマがクレナイたちの様子を見守っていると、今度はタクマの頭の中に声が流れ込んできた。

その声の主は、キマイラたちの主人である男性の思念体だった。

光を纏った男性の思念体は側に近付いてくると、タクマの前に立って言葉を続ける。

――結界を解除してあの子たちを卵から孵し、しかもしつこくここを狙っていた『傀儡師』の連中を消してくれたんだろう？　だから僕たちは思念体としてあの子たちの前に出てくることができた。本当に感謝しているよ。

――あの子たち……クレナイ、ヨイヤミという名前を貰ったんだね。あの子たちは、死んでしまった僕らの希望なんだ。どうか、幸せにしてやってほしい。

――本当は僕たちがあの子たちを見守り、育てていきたかった……でも、それはもう叶わない。だから君があの子たちに、この広い世界を見せてやってくれ。

男性は穏やかな様子で、タクマにそう語りかけた。

その思いやりに溢れた言葉から、彼が生前キマイラたちのことをどれだけ大事にしていたかが、タクマにも伝わってくる。

「ああ、任せてくれ」

思念体の男性に自分の言葉が届くかどうか分からないが、タクマは男性にそう伝えた。

すると男性は、心なしか微笑んだように見えた。

その直後、男性の体の一部がだんだんと光の粒子に戻り、サラサラと形が崩れていく。

タクマが慌ててクレナイたちの方を見ると、キマイラの両親も同じように消えていくところだった。

しかしクレナイとヨイヤミはもう泣いたりせず、二匹並んで顔を上げ、その光景をしっかりと見届けようとしていた。クレナイたちの様子は、両親に「自分たちは強く生きていくから安心してほしい」と伝えているように、タクマには見えた。

タクマは幼いクレナイとヨイヤミの決意を感じ、視線をクレナイたちから男性へと戻す。

「……あんたの思いは、しっかりと受け取った。クレナイとヨイヤミは、俺と俺の家族が大事に育てていくよ。あの子たちが幸せに生きられるよう、最善を尽くすと約束する。長い間、あの子たちを守ってくれてありがとう。安心して眠ってくれ」

タクマがそう言い終わるのと同時に、男性の姿はサラサラと光の粒子に戻っていき、やがて完全に見えなくなった。そして両親のキマイラたちも、同じように姿を消した。

「終わったようだな……」

一部始終を眺めていた大口真神が、そう呟く。

「ええ。キマイラたちのテイマーが、家族のようにキマイラを愛していたのが伝わってきました」

タクマが男性の思いを噛《か》みしめていると、か細い鳴き声が聞こえてきた。

「ナー……」

「ミー……」

「……ん？」

タクマが声の方を見ると、両親の思念体を見送ったヨイヤミとクレナイが、タクマのもとへ歩いて来るところだった。

二匹とも両親に心配をかけないように頑張って我慢していたが、その目には涙が溜まっている。

「よしよし、よく見届けたな。クレナイもヨイヤミも偉かったぞ」

タクマがそう労りの言葉を掛けると、二匹は涙腺《るいせん》を崩壊させて泣きだしてしまった。

「ナアアアー……」

「ミイイイー……」

飛びついてきた二匹を、タクマは優しく抱きしめる。

「大丈夫だ、お前たちには俺たちがいるからな。きっと楽しく暮らせるさ」

ひとしきり泣いた後、クレナイたちはタクマからそう声を掛けられた。

「ナ……！」

「ミ……！」

思いっきり泣いたことで落ち着きを取り戻したクレナイたちは、嬉しそうな顔でタクマを見つめ、深く頷くのだった。

「ところで、タクマよ」

近くでタクマとクレナイたちを見守っていた大口真神が、二匹の様子が落ち着いたところを見計らって声を掛けた。

「この花畑は結界を破ったままにしておくのか？　ここにはこの子らの家族が眠っている。できれば、それを知らぬ者に踏み荒らされぬようにしておくべきでないか？」

「確かにそうですね……もともとこの場所は、キマイラたちが安らかに暮らしていた思い出の地でもあるはずです。それがもし誰かに壊されたら、眠っているキマイラたちも浮かばれないでしょう。よし、もう一度結界を張りますか」

そう言って早速魔力を練り始めたタクマに、天叢雲剣が待ったをかけた。

『おいおいタクマ、魔力じゃなく神力を使って守ってやれよ。そうすればこの場所を感知できるのは神力を感知できる奴……つまり神様とタクマだけになるって寸法だ』

「なるほど、それは名案だな」

タクマが褒めると、天叢雲剣はドヤ顔で続ける。

『だろ⁉　じゃあ、俺を媒介にして結界を張ろうぜ。せっかく初めての対人戦とか言われて意気込んでたのに、さっきの戦いじゃ俺の出番がなかったしな！』

「分かった分かった。じゃあお前の力を貸してくれ」

タクマは苦笑いしつつ、腰に下げた鞘から天叢雲剣を抜く。

そしてずっと大口真神の側でユキのお守りをしていたスミレを呼び、フォローを頼むことにする。

「俺はまだ神力で結界を張ったことがないから、力を借りられるか？」

「もっちろん！　神力の制御なら任せて！」

スミレが自信満々にそう返事をしたところで、タクマは目を瞑り、神力を練り上げて天叢雲剣へと流していく。

すると天叢雲剣の黒い刀身が徐々に金色に変化し、皓々《こうこう》と輝き始める。

『いいねぇ！　戦いの時とは違う、優しい力を感じるぜ。よしタクマ、俺を地面に突き刺すんだ！』

「了解」

タクマは天叢雲剣の言う通り、彼を地面に刺した。

その途端、天叢雲剣の刺さった場所から金色の光がほとばしり、花畑全体に広がっていく。

それと同時に、花々が金色の光を纏い始めた。

「おお……」

タクマがその光景に驚いていると、天叢雲剣は地面に刺さったまま得意げに解説を始める。

『タクマの魔力や神力に接したことのある、ここにいるメンツは結界内が認識できる。けど何も知らん奴だったら、近くに来てもこの場所に気付くことも近付くこともできないんだぜ！　……って言ってる間に、ほら見てみろ！　そろそろ完成だ！』

タクマは天叢雲剣に促され、花畑の上空に目を向ける。するとドーム状の結界が、優しい光を放ちながら花畑全体を包み込んでいた。

そして結界が完全に花畑を覆った瞬間、結界が金色の光を放つ。それと同時に、花畑全体から金色の光で覆われた花びらが舞い上がり、花吹雪《はなふぶき》が起こった。

「ナウー！」

「ミイー！」

クレナイとヨイヤミが花びらと遊ぶように楽しそうに駆けまわる。

「綺麗ですね……」

『ああ、こんな景色初めてだぜ……』

ナビに続き、さっきまで騒がしかった天叢雲剣までもが感動した様子でそう呟く。

しばらくして花吹雪が収まると、ドーム状の輪郭を見せていた結界はスーッと透明になっていき、完全に見えなくなった。

「よかった、これで一件落着ってとこか……って忘れてた！」

ようやく一息入れようとした瞬間、タクマはキーラを待たせていたことを思い出す。

そして慌ててキーラに念話で連絡し、今から向かうと伝えた。

また『傀儡師』の従魔であるブラックホースも、タクマの威圧で気絶しっぱなしになっていた。

タクマはブラックホースを起こすと、『傀儡師』にこき使われて生じた傷や疲労を、魔法で癒した。もともとこの近くに生息していたらしいブラックホースは、嬉しげに野生に帰っていった。

こうしてこの場でやるべきことを済ませたところで、タクマはクレナイたちに声を掛ける。

「クレナイ、ヨイヤミ。実は俺たちは他にやることがあってここに来ているんだ。だからそっちに対処するために、一緒に移動してもらっていいか？」

「ナウ！」

「ミイ！」

クレナイたちは「もちろん！」と言うように元気良く返事をした。

「よし。じゃあみんな、戻るぞ！」

タクマはその場にいるクレナイ、ヨイヤミ、大口真神、ユキ、ナビ、スミレに声を掛け、一ヶ所に集まってもらう。

「マスター、ちょっと待ってください」

「ん？　ナビ、まだ何かあるのか？」

準備が整ったのに引き留められ、タクマはナビに怪訝《けげん》な顔を向ける。

ナビは気まずそうにタクマから目を逸らしつつ答える。

「ええと……私が勧めたことではありますが……あの、その装備は、もう脱いでもいいのでは？」

「うおお……」

タクマはナビに指摘され、ようやく自分が黒ずくめの格好のままなのを思い出した。

（危ない……こんな怪しい格好で向かったら、魔族との移住の話が振り出しに戻りかねんよな……）

そう考えつつ、タクマはいそいそともとの格好に戻る。

「それから、クレナイとヨイヤミは先に湖畔へ送り届けてはいかがでしょう？　生まれたばかりなのにいろいろなことが起きすぎて、疲れているでしょうから」

「そう言われればそうだな……二匹とも、それでいいか？」

ナビの助言に従ってタクマがクレナイたちに確認すると、二匹は元気に返事をする。

「ナーウ！」

「ミー！」

「よし。じゃあみんな、俺の側に来てくれ」

タクマの呼びかけに応じて、その場にいる全員がタクマの周りに集まる。

タクマは空間跳躍を発動すると、まずは湖畔に向かい、守護獣たちにクレナイ、ヨイヤミを託した。そしてクレナイたち以外の一行は再び、魔族の集落へと戻るのだった。

第②章

新たな家族とあの方たちの悪だくみ

7　諭され旅立つ

「到着っと……ん？」

魔族の集落に到着したタクマは、いきなり首を傾げることになった。タクマが現れた瞬間、キーラ以外の魔族たちが深く頭を下げたからだ。

「みんな、急にどうしたんだ？」

タクマはその光景に困惑し、キーラに尋ねる。

「これからみんな、タクマさんにはお世話になるからね。それで」

「いやいや、やめてくれ。これからご近所さんになるっていうのに、そんな恐縮されても困るぞ？普通でいいんだ、普通で」

「いや、でも……」

「そう言われてもなあ……」

「一緒に住まわせてもらうわけだし……」

今度は魔族たちの方が顔を見合わせ、困惑した態度になる。

そこでタクマはすでに説明したような内容を、根気よく魔族たちに伝える。

転生系
前世の記憶を持ちながら、強大な力を授かった主人公たち。
現実との違いを楽しみつつ、想像が掻き立てられる作品。
転生前のチュートリアルで異世界最強になりました。
小川 悟
Re:Monster
Re:Monster
既刊12巻
ALPHAPOLIS
WEB CITY SINCE 2000
LN_Ver.29
アルファポリスの人気作品を一挙紹介!

「とにかく俺や俺の家族たちと、君たち魔族は、お互いに対等な関係だと考えてほしいんだ。君たちを魔族だからと差別する者なんて、俺の家族にはいない。だから君たちも、俺たちが人間だからという決めつけや先入観《せんにゅうかん》を持たないでくれ」

タクマたち家族と魔族は対等であること、差別がないことを改めて説明すると、魔族たちは戸惑いながらも納得した様子だった。

「わ、分かったわ……」

「まだ慣れないが、努力しよう……」

「だが、タクマさんに世話になることには変わりない。これからどうぞよろしくお願いします」

魔族たちに言われ、タクマは気さくに返す。

「ああ、こちらこそよろしく。まずはお試し期間を思いっきり楽しんでくれ。本当に移住するかどうかは、その上で決めてくれたらいいから。といっても、俺は実は君たちが定住してくれるって確信を持っているがな」

「「「……!?」」」

タクマの言葉の真意を掴みかねて、魔族たちは驚いた顔をする。

だがそんな反応は気にせず、タクマは話を続ける。

「俺は自分の家族を信頼してるんだ。俺の家族なら、絶対に君たち魔族とも仲良くやれる。移住を強制するつもりはさらさらない。だが、きっと気に入ってくれると思ってはいる」

魔族たちはタクマの楽天的な態度に顔を見合わせる。だがそのうち、呆れたようなホッとしたような笑みを浮かべた。

タクマがあまりにも自信満々なので、心配しても仕方ない、きっとうまくいくというポジティブな気持ちになれたのだ。

移住希望者たちがホッとした表情を浮かべている中、緊張した顔をした二人が一歩前に進み出た。修業の旅に出ることを決めた、独立派の男たちだ。

二人は、おそるおそるといった感じでタクマに伝える。

「……すまない。俺たちはみんなとは違う選択をするつもりなんだ。旅に出てみんなを守れるくらいに強くなりたいんだ」

「俺もだ。修業を積み、自分が強くなることでみんなを守りたい」

深刻な顔の二人を見ながら、タクマは考え込んでしまった。

(魔族はもともと人よりも強いよな。なのに更なる力を得たいって……本当に意味があるのか？魔族が恐れられている原因は、その強大な魔力のためでもある。でも、魔族たちの事情をさして知らない俺が、そこに触れてもな……)

悩んでいるタクマに、大口真神が念話を送る。

(タクマよ。お主の考えていることは分かる。それには我も同意見だ。どれ、我に任せるのだ)

(ええ？　そりゃ任せるのは構いませんが……穏便に済むんですか？)

大口真神には、武器を持って向かってきた独立派の男たちを瘴気で全員気絶させたという前科があるので、タクマは疑わしげに聞いた。

(なに、心配はいらん)

自信満々な大口真神の態度に、逆に心配になってくるタクマ。

だが人族との関係に悩む魔族たちへの説得は、別世界の神という客観的な視点を持つ大口真神が適任だともいえる。そう考えて、ひとまず大口真神の気の済むようにしてもらうことに決める。

(そこの二人、聞こえているな?)

大口真神は、独立派の二人だけに分かるように念話を送った。

二人は、忌神として恐れている大口真神からの念話だと即座に理解し、ビクッと体を震わせる。

(そう緊張せずともいい。お主らに危害を与えるつもりはないからな。ただ、お主らは強くなるために旅に出ると言ったな? それは大きな間違いだ)

大口真神の言葉を聞き、二人は顔色を変える。魔族を守るために強くなりたいという信念を真っ向から否定されたのだから、それも当然だった。

いきなり怒りで顔を紅潮《こうちょう》させた独立派の二人を見て、他の魔族たちがざわつき始める。

「あいつら、いきなりどうしたんだ?」

「あの顔……すごく怒っているわ」

大口真神はそんな周囲の様子を眺め、ため息を吐きながら念話を続ける。

（まったく……あからさまに表情を変化させたら、周りの者が心配するであろう。そんなことも分からずによく己の種族のために強くなるなどと言えたものよ、愚《おろ》か者め）

「「なんだと……？　……!?」」

大口真神に更に怒る独立派の二人。だが次の瞬間、急に表情を失い、その場に棒立ちになる。

大口真神が、このままでは周囲の者たちを動揺させると考え、二人の思念を自分の精神世界に引き込んでしまったのだ。

「え……？」

「どうしたんだあの二人、具合でも悪いのか？」

様子のおかしい二人を見て、他の魔族たちは普通に動揺してざわつき始めた。

魔族たちをなだめるために、タクマは慌てて声を掛ける。

「ま、まあ、とりあえず気にしないでくれ。大口真神様――君たちの言う忌神様が、彼らと落ち着いて話し合うためにああしてるだけなんだ。あくまで二人のためを思っての行動なんだよ」

「そ、そうなのか……？」

「まあ……あいつらのためと言うなら……」

「そうね……感知できる二人の気配には異常がないし、大丈夫よね……」

「ね、ねえ、みんな！」

魔族たちは困惑しつつも、タクマの言葉を信じてくれた。

場の空気を変えようと、キーラが魔族たちに呼びかける。

「彼らの話が終わるまで待っている間、ボーッとしててもしかたないし、タクマさんに気になることを質問してみない？　ね、タクマさん、いいでしょ？」

「あ、ああ。もちろんだ！　なんでも聞いてくれ」

こうして突然ながら、タクマへの質問コーナーが設けられることになったのだった。

◇◇◇

同じ頃、独立派の二人が大口真神の精神世界で叫んでいた。

「な!?　なんだ!?」

「どこだここは!?」

一瞬目の前が暗くなったと思った途端、突然真っ白な空間に移動していたのだ。現状がまったく理解できていない二人は、完全にパニックになっている。

「愚か者ども。ここは我が作り出した空間だ。まったく……よけいな力を使わせおって」

そうぼやきつつも、大口真神は独立派の二人に本題を切り出した。

「お主らは、自分たちのことを冷静に見られていない。だから旅に出るなどと言いだすのだ」

「なっ……!?」

「いや、しかしみんなが心配すると思い至らず、激昂《げっこう》してしまったのは確かだ……」

「そ、それは確かに……」

大口真神の言葉に初めは驚いた二人だったが、自分たちの行動を反省して冷静さを取り戻す。そしてひとまず、大口真神の言葉に耳を傾けることにした。

「ふん……やっと落ち着いたようだな」

大口真神は二人を見やりつつ、話を続ける。

「我がお主らの考えを否定したのには理由がある。現状に照らし合わせれば、お主らの行動が適切であるとは考えられぬからだ。人間は、お主ら魔族が持つ身体能力や強大な魔力を恐れている。そして恐ろしいからこそ、それが差別や迫害に繋がっているのだ。なのに更に力を求めたら、人間の恐れを助長することになりかねんと思わぬか？　それに、お主らは力を欲していると言ったな。だがそれは、魔族が何者かに襲われるという前提の考えであろう。つまりお主らの行動は、魔族の迫害という問題の根本の解決にはならんのだ」

「「……」」

大口真神の意見を聞き、二人は俯きながら呟く。

「確かに……俺たちが力を得ても、人族は更に魔族を警戒し、恐怖するだけか……」

「それだけじゃない。俺たちを排斥《はいせき》しようと立ち上がるかもしれない」

独立派の二人は、自分たちの行動について改めて考える。

二人の様子を見守りながら、大口真神は優しく諭すように言う。

「我は修業や、それによって力を得ること自体を否定する気はない。だが、今のお主らに必要なことは思えんのだよ。お主らが本当に仲間たちを思うのなら、考え直してはどうだ？」

「「…………」」

二人はしばらくの間沈黙し、悩んでいる様子だった。

やがて、二人がそれぞれ口を開く。

「ですが、それでも俺たちには力をつける以外の方法が思いつきません」

「力をつけるための旅では駄目だと言われても、どうしていいものか……」

「いや、旅をするのはよいであろう」

大口真神に言われ、二人は首を傾げた。

「「？　どういうことですか？」」

「力をつける旅ではなく、知見を広める旅をすればいいではないか。己を知り、相手を知る。それが歩み寄る第一歩になるはずだ」

大口真神の助言に、独立派の男二人は戸惑いながら呟く。

「人族を知り、歩み寄るための旅……」

「そんなことができるんだろうか……」

二人は仲間の魔族たちと共にタクマのもとで暮らすのが難しいと感じる程度に、人族への苦手意識がある。そんな彼らが縁《えん》もゆかりもない旅先の人間と触れ合うと決断するのは、なかなか難しいことだった。

大口真神は、そんな二人の気持ちに理解を示して言う。

「お主らは、人族に怒りや恐怖を持っているのだろう。だからすぐに歩み寄るのは難しいかもしれん。だが、勇気をもって新しい一歩を踏みだすのだ。それでもなお人族とは相容れないと思うのなら、その時に別の方法を考えればよい」

二人は無言で考え込んでいた。だがしばらくして、小さく呟く。

「そうか……そうですね。力を得る以外にも方法の模索が必要なのかもしれない……」

二人の表情はいつの間にか、憑《つ》き物が落ちたようにスッキリしたものに変わっていた。

「人族を知り、己を知る。これを自分の目的にしようと思います」

「キーラたちが新しい環境で進もうとしているように、俺たちもこれまでの考えを変え、新たな考え方で進みたいです」

二人がそう宣言すると、大口真神は満足げに頷く。

「その意気やよし。では、新たな旅立ちに向けて、我からささやかなお守りをやろう」

大口真神は魔力を高めると、二つの魔力の塊を出現させた。

「これは我の力の一部だ。生命の危機が起きた際に、お主らの助けになる」

神々しく光る大口真神の魔力は、二人の腕に巻きつき、吸収されていく。

吸収が終わると、彼らの手の甲には狼のマークが浮き出ていた。これは、大口真神の加護が与えられた証だ。

「俺たちは忌神様に喧嘩を売ったのに……」

「ありがとうございます……」

独立派の二人は忌神として恐れていた大口真神に、そう感謝を捧《ささ》げるのだった。

◇ ◇ ◇

同じ頃、タクマは集落の魔族たちに質問責めにされていた。

タクマは魔族たちが安心して移住できるよう、それらに丁寧《ていねい》に答えていく。

「ふう……これで不安は解消されたか？」

魔族たちがひとしきり質問し終えたところで、タクマは集落の者たちを見渡して言う。

「何度も言うが、俺にとって種族は関係ないんだ。極論《きょくろん》かもしれないが、俺の家族と仲良くできるのなら、魔王だろうが、邪神だろうが、神様だろうが、なんでも受け入れる」

タクマの言葉にその場にいた全員が息を飲んだ。

人族はもちろん魔族でさえ、魔王や邪神といった存在と共存するのは難しい。それなのに受け入れると言ったタクマの言葉を聞き、感動のあまり鳥肌が立つ。そして心にあった不安や恐れが、希望に変わったのを感じるのだった。

（マスター、ですが魔族たちに釘《くぎ》を刺しておいた方がいいのでは？　なんでも受け入れると言ってしまえば、また同じことが繰り返されかねません）

（そうか……確かにな）

ナビに念話で提案されたタクマは、キーラに切り出す。

「キーラ、ナーブの一件でのアレについて話があるんだが……」

「ああ……アレね……うん、言いたいことは分かったよ。アレを使うのはやめる」

キーラは「アレ」が何かすぐに理解し、そう呟く。

「キーラも分かっているならよかった。魔族が悪魔を使役できると知られれば、それだけで争いの火種《ひだね》になりかねないからな。それに……なんの危険もなく使役できるわけじゃないんだろう？」

タクマとキーラのやり取りを聞き、一部の魔族たちが顔色を変える。

「キーラ！　あなた、まさか悪魔憑きの儀式をしたの!?」

「なんてことを……」

キーラがナーブに悪魔を憑依《ひょうい》させるという報復を行ったことは、魔族のほぼ全員がすでにキーラから聞かされていたが、まだ知らなかった魔族たちが色めきたつ。

魔族たちにとって、悪魔を使役するのはタブーだった。なぜなら悪魔の使役には、大きな代償が必要だからだ。

タブーを犯してしまったという罪悪感から俯くキーラ。

だが魔族たちは、あくまでキーラを心配して尋ねる。

「キーラ……あなた、一体何を捧げたの？」

魔族たちの問いかけに、キーラは気まずそうに答える。

「……自分の魔力量の半分」

「そ、そんな……」

「なんてことを……」

キーラは、魔族にとって最大の強みである膨大な魔力量を捧げてしまったという。

それを聞いた魔族たちは、みんな一様に悲しみに暮れる。

「……キーラ、今後は悪魔を絶対に使うなよ？　他のみんなもだ。自分の大切なものを捧げてまで悪魔を使役するなど、絶対に駄目だ」

タクマはキーラたちをしっかりと見据え、教え諭すように言う。

「これから湖畔で生活するなら、悪魔の使役は禁止だ。というか、使わなきゃいけない状況を避けられるように俺がサポートしていく」

キーラは神妙な顔で頷く。他の魔族たちも「悪魔の使役は決して行わない」と力強く宣言した。

「ところでキーラ、悪魔との契約で、何かデメリットはあったのか？」

タクマは気になっていたことを、キーラに質問した。

「実は、デメリットは今のところないんだ。憑依させた悪魔はタクマさんが倒しちゃったからね。契約不成立ってことで、捧げようとしてた代償も無事だったたってわけ」

「そうなの？　ならよかった……」

「俺たちにとって魔力は生命線だからな。それが残っていて安心したよ」

魔族たちは心からホッとした様子で、口々に言った。

「今回はラッキーだったが、こんな気持ちは二度と味わいたくないだろ？　ってことで、もう一度言うが、悪魔の使役はしないでくれ。禁忌がどうこうっていうより、みんなに自分たちの何かを犠牲にしてほしくないからな」

タクマがそう伝えると、集落の魔族全員が一斉に深く頷き、今後は悪魔を使役しないという先ほどの宣言を、改めて誓《ちか》い直したのだった。

「他にも約束してほしいことはいろいろある。けど、それは約束というより、共存していく上での心構えのようなものだ。必要以上に自分を卑下《ひげ》しない、相手が自分より弱いからといって見下さない。言うべきことは遠慮なく言う、言ってはいけないことは言わない。どこまでも普通のことだろ？　だからみんなも、当然できると思う」

タクマの目指す理想を聞き、その言葉に感化された魔族たちは希望で満たされ、顔を輝かせる。

「うんうん、新しい場所に行く時はこうじゃないと。不安があって当然だけど、新しいことへ挑戦するという前向きな気持ちがないのは駄目だからな」

タクマは魔族たちの表情を見ながら、満足そうに頷くのだった。

その時、大口真神の精神空間に引き込まれていた独立派の二人が目を覚ます。

「あ、意識が戻ったみたい」

二人の様子に気付いて、キーラが声を上げた。

他の魔族たちが心配そうな顔で駆け寄っていく。

独立派の二人は晴れ晴れとした表情で、仲間たちに話す。

「大丈夫、危害を加えられたわけじゃない」

「ああ、忌神様が俺たちの浅はかな考えを修正してくれたんだ」

「俺たちは旅の目的を変えることにした。力を得るためでなく、人族への偏見をなくすために世界を見てまわろうと思う。修業して過剰な力を得ても、弱い人族にとっては恐怖でしかないからな」

「ああ、力をつけることが必ずしも正解ではないと、忌神様が気付かせてくれたんだ」

もともと二人は魔族のことを誇りに思い、強くなることで仲間を守りたいと考えていた。だが、力こそすべてという考えを大口真神に正してもらい、短時間で大きく成長していた。

他の魔族たちは、強くなるために旅立つという独立派の二人の最初の目的を応援していたので、短期間でその考えが変わったことに困惑する。

「うん……確かに共存するためには、力を得るよりも相手を知ることが大事だよね……」

キーラがそう言うと、他の魔族たちはハッとする。

人族に襲われて報復したというキーラのような事件がまた起きないようにするためにも、本当に必要なのは力ではなく、歩み寄る心なのだと悟ったのだ。

「というわけで俺たちは集落を出て、外の世界を知ろうと思う」

「俺たちが旅を終えた時には、みんなから移住先で知ったことを教えてほしい」

「うん、もちろんだよ！」

キーラと魔族たちは二人とそう約束を交わした。

「さて……俺たちはそろそろ出発する。だがその前に……」

独立派の二人はタクマに向き直る。

「ん？　どうしたんだ？」

戸惑うタクマに、二人は真剣な顔で頭を下げる。

「仲間たちをよろしくお願いします」

「みんなは俺たちにとって大事な仲間なんだ。守ってやってください」

その言葉にタクマは大きく頷き、二人の肩に手を置く。

「分かった、お前たちの気持ちは受け取った。仲間たちのことは任せろ。絶対に守ってみせるさ」

タクマの頼もしい返事に、二人は嬉しそうな表情を浮かべると、そのまま歩きだし、集落をあとにした。

「いってらっしゃい！　気を付けてな！」

「危ないことはしないのよ？」

「無事に帰ってくるんだぞ！」

二人の背中に、魔族の仲間たちはそんな励ましの言葉を掛けるのだった。

8　ようこそ！

「さて、そろそろ行くか。っと、その前に……」

独立派の二人の見送りが済んだところで、タクマは魔族たちに集落の外に出るように促した。

「移住はまだお試し期間だから、戻る場所は残しておかないといけないしな」

「えっ、どういうこと？」

不思議そうに尋ねるキーラに、タクマが説明する。

「無人で放置したままだと、流れ者が住みつく可能性もあるだろ？　だからちょっとした結界を張っておこうと思ってな」

タクマは魔族たちが人族に順応できなかった時のために、彼らの帰る場所をしっかり残しておくことも考えていたのだ。

「え？　そんなことまでできるの？」

「まあ、できるかできないかで言えば、できる。じゃあ、みんな少し離れてくれ」

タクマは魔力を練り、集落を囲うように結界を張る。外からは集落が見えず、入ることもできないかなり強力なものだ。ちなみにこの結界は、クレナイたちを守っていた結界を参考にして作られている。

「これで集落を荒らされることはないだろう。もし生活が合わなければ、戻ってくればいいさ」

魔族のために先々《さきざき》のことまで配慮してくれるタクマに、魔族たちはより安心感を強めた。

「さてと、これから俺の力で全員を移動させるからな。一瞬で終わるけど、驚かないでくれよ」

タクマの言葉の意味が分からず、キーラ以外の魔族たちは首を傾げる。

「あ、タクマさん……ちょっ」

キーラの言葉の途中で、タクマはその場にいる全員を範囲指定し、湖畔へ飛んだ。


一瞬で景色が変わり、魔族たちは驚きのあまり言葉を失っている。

「タクマさん……せめてどういう方法で移動するか、説明してあげてほしかったな」

「別に危険な方法で移動するわけじゃないし、構わないだろ？」

「ま、まあ、そうだとは思うけど……」

ケロッとしているタクマにキーラが呆れていると、空間跳躍したという状況を理解した他の魔族たちが騒ぎ始める。

「おお……これが噂《うわさ》に聞く空間跳躍か……」

「すごいわね。こんなにあっさりと転移できるなんて」

「相当な魔力が必要なはずだが、なんでタクマさんは平気そうにしているんだ？　規格外にもほどがあるだろう」

魔族たちはいきなり空間跳躍させられたにもかかわらず、楽しそうに感想を言い合っている。

そんな仲間たちの反応を見て、キーラはこれ以上タクマに抗議するのはやめることにした。

「タクマ様、ついに魔族の方たちをお連れになったのですね」

その時、タクマの後ろから家令《かれい》のアークスが声を掛けた。

「アークスか。相変わらず出迎えが早いな。俺の帰宅にどうやって気付くのか疑問だが……とにかく、ただいま」

「おかえりなさいませ。そして先ほどの疑問には、執事《しつじ》ですからとお答えしておきましょう。それよりも、魔族の皆様の歓迎の準備ができております」

なんとアークスをはじめとしたタクマの家族たちは、新しい住人の歓迎の準備を済ませて待っていたのだ。

タクマは帰宅予定を伝えていなかったので、無駄になったらどうするのかと思わなくもない。だが、そこはタクマのことならなんでも分かっているアークスなので、今日中に戻ることを察していたと考えることにする。

「タクマ様、私が魔族の方々をおもてなししますので、その間にキーラ様と居住区を決められてはいかがですか」

「分かった。じゃあ、歓迎の方は頼む。キーラは後からみんなと合流してもらえるか？」

「うん、大丈夫だよ！」

アークス、タクマ、キーラはそんな会話を交わす。そして、タクマとキーラはいったんその場を離れた。

◇　◇　◇

「ようこそ、魔族の皆様。私はタクマ様に仕《つか》えるアークスと申します。ささやかながら歓迎の場を設けましたので、どうぞこちらへ」

まさか歓迎会なんて思ってもいなかった魔族たちは、嬉しさと戸惑いが混ざったような複雑な表情を浮かべながら、タクマの自宅へ向かう。

「「ようこそ！」」

魔族たちが自宅に入るなり、タクマの家族たちがそう言って彼らを迎え入れた。

魔族たちは、明るい表情で迎え入れてくれたタクマの家族たちを見て困惑する。タクマからは何度も何度も差別がないことを説明されているものの、人族が本当に自分たちをこんなに温かく迎えてくれたこの状況が信じられないのだ。

「戸惑うのは分かりますけど、考えてもしかたないと思いますよ？」

笑顔でそう言ったのは、夕夏だった。彼女は魔族たちに飲み物の入ったグラスを配ってまわる。

「あ、ありがとう……」

魔族たちはおそるおそる、夕夏からグラスを受け取る。

「タクマはこの場所に自分が認めた者しか連れてきません。だからみんな、最初からあなたたちを家族だと思って接しているんですよ」

「だ、だけど……俺たちは魔族で……」

「魔族だからなんなんです？　タクマが連れてきたということは、あなたたちは家族。それだけでいいのよ。ね？」

夕夏の言葉を聞いた魔族たちは、渡されたグラスを手にしたまま涙する。ここが自分たちの夢見ていた、種族で相手を判断することも、差別をすることもない土地なのだと感じたからだ。

「ねえ、おじちゃんたちなんでないているの？」

「かなしいの？」

「おいしいものたべたらげんきになるよ？」

タクマの子供たちが、泣いている魔族たちに気付いて駆け寄ってくる。

「だ、大丈夫……悲しくて泣いているわけじゃないから……」

「すぐに泣きやむから……」

魔族たちは子供たちを安心させるため、涙を流しながらも笑みを浮かべる。

子供たちは不思議そうな顔をしながら、無邪気に魔族たちに話しかける。

「ごはんたべればげんきになるよ！」

「そうだよ。にくはせいぎだっておとうさんもいってた！」

「おにくもってきてあげる」

子供たちはそう言うと、魔族たちのために肉を取りに走っていくのだった。

◇　◇　◇

「……うん。みんな、魔族の人たちを受け入れてくれてるな」

「グズ……よかった……」

タクマとキーラは、先ほど魔族たちの側を離れた……と思いきや、実は歓迎会の様子を、こっそり物陰から見守っていた。

仲間たちの涙につられ、キーラも泣いてしまっている。

「これなら魔族たちは、俺の家族とうまく馴染《なじ》めそうだな」

「そうだね……」

「魔族たちは大丈夫そうだし、そろそろ暮らす場所を決めに行くか」

タクマがそう言って歩きだそうとすると、キーラに止められた。

「住む場所を決めるのはちょっと待ってもらっていいかな？　みんなと少し話してからにしたいから」

「そうか。じゃあ、キーラもとりあえずみんなに交ざってくるといい」

タクマはキーラにそう声を掛け、自分は溜まっている仕事を片付けるために執務室に向かった。

◇　◇　◇

キーラが歓迎会に向かおうとしたところ、いつの間にかアークスが側に控えていた。

「キーラ様、会場にご案内いたします」

「ありがとう……あ、アークスさん？」

「？　なんでしょう？」

「皆さんは、私たちのことが怖くないの？」

キーラはアークスに疑問をぶつけた。

「そうですね……確かに魔族は恐ろしい存在だと耳にしたことはあります。ですが、タクマ様が連れてきた方たちを恐ろしいなどとは考えませんよ。それに……どこまでタクマ様から聞いておられるか分かりませんが、ここにいる者たちはあなたたちに近い境遇の者も多いのですよ」

「!! そうなんだね。知らなかった……」

「蔑まれた者や行き場のない者を、不遇でどうしようもない境遇から救ったのがタクマ様です。だからこそタクマ様の家族は、タクマ様が連れてきた者を新しい家族として歓迎して受け入れるのです」

「そうだったんだ……でも、なんで？ 蔑まれたり、行き場を失ったりしたら、普通は他人を受け入れることは難しいと思うんだ」

「そうですね……彼らが他人を拒絶しなかったのは、タクマ様の存在によるところが大きいでしょう。あの方がみんなを家族として引き取り、居場所を作ってくださったからこそ、過去を引きずることなく、前向きに生きているのだと思います。それに……タクマ様は、あなたたちに何かをしろなどとは言わなかったでしょう？」

「うん。ただ、ご近所さんが欲しいからって……今まで魔族に近付いてくる人族は、僕たちの魔力を利用しようとしてたのに」

「あの方ならそう言うでしょうね……たとえば家族たちの中には、元暗部《あんぶ》——国から切り捨てられた暗殺者たちもいます。ですがタクマ様は、彼らにその技術を使えと命じたことは一切ないのです。彼らはタクマ様が望めば、その力を使うことは厭わないでしょう。ですが、タクマ様がそれをさせないのです。タクマ様は自分の力の強大さを理解していますから。タクマ様が本気を出せば、この世界を一瞬で破壊できます。更には守護獣のヴァイスたちもいますから、暗殺者であれ、魔族であれ、利用する必要はまったくないのです。だからみんなには、ただやりたいことをすればいいと言うのです」

「やりたいこと……」

「そうです。やりたいことを見つければいいのです。あなたたちがどうしたいのか。それをゆっくりと探せばいい」

アークスに優しく微笑みながらそう言われ、キーラは考え込むように俯く。

「そう……なんだ……やりたいこと……うん……そうだね。ちょっとみんなと話してくる！」

顔を上げたキーラは、悩みが晴れた様子で明るい表情になっていた。

アークスは、元気いっぱいに仲間たちのところへ駆けていくキーラの背中を見送る。

「さあ……彼女たちはどんな選択するのでしょうね……さて、タクマ様に報告をしないと」

アークスは一人そう呟くと、タクマのいる執務室へと向かうのだった。

◇◇◇

「みんな！　ちょっといい？」

キーラは歓迎会の会場に着くと、仲間の魔族たちに声を掛けた。

タクマの家族たちは、魔族たちだけで大事な話があるのだろうと察し、自分たちはその場から離れようとした。

だがキーラは、タクマの家族たちにも声を掛ける。

「あのね、皆さんにも聞いてほしいんだ」

タクマの家族たちはキーラの真剣な表情を見て、その場に留まることを決めた。

「今まで僕たちは人目を避けるように生きてきたよね？　それは、自分たち以外の存在を信頼することができなかったから」

「ああ」

「そうね」

これまでの自分たちのことを思い返しながら、魔族たちは頷く。

「だけどここは違う。誰も僕たちを恐れないし、魔族だからと蔑んだりもしない。これまでこんなことなかったよね？　この人たちは、本当に僕たちを歓迎してくれてる」

キーラの言うことに、魔族たちは静かに頷いた。

「これこそ僕らが夢見てきたことだと思うんだ。種族なんか関係なく、僕たち自身を見てくれる……だったら僕たちも、一歩前進するべきだと思うんだ」

「そうだな……分かるぞ」

こんなチャンスは二度とないかもしれない——それは魔族全員の総意だった。

「みんなも同じことを思ったみたいだね。だったら聞かせてくれる？　みんながどうしたいかを」

キーラはそう言って、仲間たちの考えを改めて確認する。

魔族の仲間たちが語った内容は、全員同じものだった。

一つは、お試し期間はなしにしてこの地に完全に移住すること。そしてもう一つは、移住する場所については、タクマたちと共に暮らせる湖畔にしたいということだ。

タクマは魔族たちに、人族と一緒に湖畔に住むのが難しければ離れた土地で暮らしてもいい、と提案してくれた。だが離れて暮らすのではなく、このどこまでも優しいタクマの家族と湖畔で共生していきたい――これが魔族たちの総意だった。

「魔族の人たち、心が決まったようでよかったわ」

「……これで、また新しい家族が増えるな」

「うん、楽しみだ」

魔族たちの周囲で彼らの話し合いを聞いていたタクマの家族たちは、この決断を聞き、嬉しそうに笑い合うのだった。

◇　◇　◇

同じ頃、タクマは執務室から歓迎会の様子を眺めていた。

「どうやらアークスが何か言ったようだな。キーラたちの雰囲気があそこまで変わるとは……俺の説明には何か足りないところがあったのかもな」

そう呟くタクマに、腰に下げている天叢雲剣が話しかける。

『タクマよぅ、きっかけなんてそんなもんだろ？　たぶんあの執事は、タクマと似たようなことしか言ってないと思うぞ？　同じ言葉を掛けられても、その時々によって受け止め方が変わるってだけだ。状況が悪化しているわけじゃねぇし、素直に喜べばいいじゃねえか。ご近所さんが増えたってよ』

「確かに、結果オーライだな」

タクマと天叢雲剣がそんな会話をしていると、ノックの音が聞こえ、アークスが入ってきた。

「失礼します、タクマ様。お仕事の調子はいかがですか？　しばらく留守にされていたので、書類の確認も大変かと思いますが……」

アークスが自分を気遣うのを遮《さえぎ》って、タクマは尋ねる。

「いや、そんなことよりありがとうな、アークス。お前は魔族のみんなに何か助言をしてくれたんだろう？」

「いいえ、私は特別なことはお話ししていません。タクマ様や夕夏様が、キーラ様に何度もお話しされていたのと同じ内容を繰り返しただけだと思いますよ。キーラ様たちは不安からか、ここにいる家族たちに差別がないと理解して移住を決意してからも、たびたび心が揺らいでいたようでしたが、実際に魔族全員でこの地を訪れたことで、ようやく決心がついたのでしょう」

「そうか……まあ、実際に体験するのとしないとでは全然違うだろうからな」

タクマがアークスと話していると、ちょうどその時、窓の外からキーラの声がした。

「あ！　タクマさん。聞いてほしいことがあるんだ！」

窓の外から声を掛けてくるせっかちなキーラに苦笑いを浮かべつつ、タクマはアークスと一緒に外に出る。

そこにはキーラと魔族たちが揃って立っていた。更には歓迎会に参加していたタクマの家族たちも全員が一緒に来ている。家族たちは、キーラたちが決めたことをタクマに伝えるのを見守るつもりだった。

「仲間たちの話し合いは終わったか？」

「うん！　あのね？　僕たち決めたんだよ！　前に進むって！」

タクマの問いかけに、キーラは明るい声で答える。

「タクマさんの家族が受け入れてくれるのを見て、逃げ道は必要ないって分かったんだ。だからお試しじゃなく、完全にここに移住させてほしい。タクマさんは仲間のことを考えて離れたところで暮らしてもいいって言ってくれたよね？　でもできるなら、一緒に暮らしていきたい。だって離れたところに住んだら、ご近所さんじゃないでしょ？　やっぱりご近所さんなら近くにいなきゃ。僕たち魔族は前に進むって決めた。だから、タクマさんたちみんなと仲良くなりたいんだ」

興奮気味にまくしたてるキーラ。そのまっすぐな目はキラキラと輝いており、彼女が移住に大きな希望を見出していることが伝わってきた。

キーラの後ろにいる魔族たちの表情も同じで、不安の払拭《ふっしょく》された明るいものだった。

「ここに漕ぎつけるまでにずいぶん時間が掛かったような気もするが……みんなが納得できる答えが出て本当によかった。改めてこれからよろしくな、キーラ。それに、魔族のみんな」

タクマが一族の代表であるキーラに手を差し出すと、キーラは笑顔でタクマの手を取り、しっかりと握手をする。

「うん、こちらこそだよ！」

「「「よろしくお願いします！」」」

タクマとキーラ、そして魔族たちは、心からの喜びに溢れた笑顔で、そう挨拶を交わしたのだった。

◇　◇　◇

その後、タクマとタクマの家族たち、そしてキーラをはじめとした魔族たちは再び歓迎会に戻り、ひとしきり楽しい時間を過ごした。

歓迎会が終わると、次は今夜休む場所が必要になる。

「さてさて……次は住居だな」

タクマはスマホで「異世界商店」のスキルを立ち上げながら呟く。スキルの効果は、タクマの魔力を対価としてどんなものでも購入できるというものだ。

異世界商店で魔族たち用の住宅を購入しつつ、タクマは配置をどうするか考える。

湖畔ではタクマのたくさんの家族たちが、それぞれ自分の家に暮らしている。そして家の配置は、適度に距離を取っていた。

この状態を維持しながら湖畔の集落を広げていくのもよさそうだが、せっかく魔族たちが人族と打ち解けたいと決意したので新たな方法を取ってみようと考える。

「よし。中途半端に拡張せず、密集させてしまおう」

タクマが既存の家と家の間に魔族たちの家を置くと言いだし、隣にいたアークスはギョッとする。

「……そこまで一気に縮めて大丈夫でしょうか」

「どんな生き物も、基本は同じ種族で固まってしまいがちだろ？　それを防ぎたいと思ってな。物理的な距離を一気に縮めれば、おのずと精神的な距離感も縮まるだろ？」

楽しそうにそう話すタクマに、アークスは苦笑いを浮かべながら了承した。

「……まあ、タクマ様がそうおっしゃるなら、それもありかと」

「みんなもそれで大丈夫か？」

タクマは家族たちにもそう尋ねた。

「……私たちの家長は思いきるわね」

夕夏をはじめとした家族たちも苦笑いを浮かべつつ、タクマの提案を受け入れてくれた。

タクマは家族たちの賛成に満足そうに頷く。

「ってことで、キーラたちもそれでいいか？」

「それはもちんだよ！　だけど……」

タクマが人族と打ち解けたいという魔族たちの希望を汲んでくれたと理解し、キーラは元気良く言う。だが同時に、何かを言いたそうにもしていた。

「ん？　どうしたキーラ、何か気になることがあるのか？」

「その……家を用意してもらうとなると、結構な時間が掛からない？　その間、どうしようかなと思ってさ」

異世界商店で家まで買えると知らないキーラは、不安げに口にした。

「うーん、細かく説明すると面倒だし、実際に見てもらっていいか？」

「えっ？　どういうこと？」

タクマは不思議そうにしているキーラたち魔族を引き連れ、空いている土地に向かう。そして魔力を練って家の基礎を作り、異世界商店で購入してアイテムボックスに入れていた住宅をそこに乗せた。

あっという間に住宅が現れ、キーラたちは絶句している。

あとは同じ要領で、空き地にどんどん住宅を設置していく。

普通ではありえない光景に、魔族たちはあんぐりと口を開けたままだ。

あっという間に世帯分の家を設置し終えると、タクマは魔族たちのところへ戻ってきた。

「……よしっと。これでとりあえず、安全な場所での生活を始められる状態になったな！」

「あ、あはは……ありがとうね、タクマさん」

呆れながらもなんとかそうお礼を伝えるキーラだった。

◇　◇　◇

次にタクマは、執務室にリュウイチを呼んだ。

日本人転移者で生産職をしているリュウイチは、息子のタイヨウを抱っこして執務室へ入ってきた。

「リュウイチ、早速だけど本題に入らせてもらうぞ。店を持つことについて、どう考えてるんだ？」

ソファに座ったリュウイチに、タクマが切り出した。

リュウイチはタクマの店、食事処《しょくじどころ》琥珀《こはく》の一部を間借りして自分の作ったアクセサリー——というか、魔法効果が付与された魔道具を販売している。リュウイチの作品に目をつけたタクマの商会の副商会長・プロックが、リュウイチの店を出さないかと打診してきたのだ。

「……確かにプロックさんから、独立した店舗で売ってはどうかと言われました……」

「どうした？　自分の店を持てるなら嬉しくないか？」

「それが……」

リュウイチはタクマに、自分の不安を語り始めた。

プロックから提案されたのは、冒険者向けのアクセサリー、しかも戦闘で攻撃力を高めるために使うアイテムを扱ったらどうかというものだった。冒険者は高収入である者が多く、高品質の商品なら高いお金を出しても買ってくれるからだ。

リュウイチはため息を吐きつつ続ける。

「……プロックさんの話は嬉しいです。だけど僕は、誰かを傷つけるかもしれないアイテムは作りたくありません」

「まあ、プロックは武力を高めるアイテムが一番売れるから薦めただけだと思うぞ。それに……お前が戦闘系のアイテムを作りたくないのなら、それでいいと思う」

「……へ？」

気の抜けた返事をするリュウイチに、タクマは言葉を続ける。

「別に、武力を高めるアイテムを絶対に売る必要なんてないさ。俺としては、転移者の作ったものがこの世界に出まわるのは問題じゃないかって気もしてる。それにプロックが言っているのはただの提案だ。リュウイチの作るアクセサリーであれば、護身用でも日常生活を補助するものでもいいと思うぞ。そもそもリュウイチの作品はデザインが人気だから、魔法が付与されていなくても十分価値があるしな。とにかく俺が言いたいのは……誰も傷つけたくないっていう、優しいお前の気持ちを大事にしてほしいってことなんだ」

「……」

タクマは笑みを浮かべたまま、優しくリュウイチに語りかける。

兄のように慕うタクマの言葉に、リュウイチは肩の力が抜けた。ブロックに打診されてからずっと悶々《もんもん》としていた気持ちが消えていく。

「まったく……お前は優しいから、人の意見や希望を尊重しようと頑張りすぎなんだよ。お前の店なんだから、自分の売りたいものを売ったらいい。ブロックだって一番褒めていたのは、お前のアクセサリーのデザインだったからな」

タクマから自分の求めていた言葉を貰い、リュウイチは思わず涙をこぼした。

リュウイチが落ち着くのを待ち、タクマは改めて聞く。

「少しは迷いは晴れたか？　どうする？　店をやってみるか？」

「……やります……いえ、やらせてください！」

迷いが吹っきれたリュウイチは涙を拭い、大きな声で返事をする。

タクマはその姿を見て、満足そうに頷いた。

「それじゃあ、僕はこれで！　ミカにすぐ報告しないと！」

「ああ、どんな店になるか楽しみにしてる」

リュウイチはやる気に満ちた様子で、目を輝かせながら執務室から出ていった。

そんなリュウイチを見送ったタクマは、再びソファに自分の体を預けて呟く。

「ふう……とりあえず魔族たちの移住、リュウイチの店の件については一段落か。あとはずっと話し合いが続いている、パミル王国を守る結界についてだな」

まだまだやることはあるが、王城で結界についての話が終わるまでは、しばらく時間が取れそうだと考えるタクマであった。

9　あの方たちの思いつき

同じ頃。

湖畔にある祠に、この世界の主神・ヴェルド、日本の女神である鬼子母神《きしぼじん》、伊耶那美命《いざなみのみこと》の三柱が集まっていた。

「どうしたのです？　ヴェルド神。こんなところに呼び出して」

「そうです、せっかくの新たな住人が来たのですよ。私たちも歓迎に向かいましょうよ」

鬼子母神と伊耶那美命は不思議そうにヴェルドに尋ねる。

いつもなら真っ先に歓迎会だとはしゃぎ始め、暴走して騒動を起こすヴェルドが大人しくしているからだ。

ヴェルドは、いつになく真面目な面持ちで口を開く。

「分かっています。ですがこちらも重要案件なのです。というのも、私は……いえ、私たちはこの湖畔において役立たずなのではないでしょうか」

「「!?」」

ヴェルドが突拍子もないことを言い始めたので、鬼子母神と伊耶那美命は衝撃を受ける。

だがヴェルドは、特に気にせず続ける。

「現状、私たちは子供たちと一緒に遊ぶ以外、何もしていません。タクマさんがここに住むことを許してくれているとはいえ、それではあまりにも怠惰《たいだ》すぎませんか？」

「「は、はあ……」」

鬼子母神と伊耶那美命は曖昧《あいまい》な返事をする。

確かにヴェルドの話には一理あるが、いつもお茶を飲んで煎餅《せんべい》を食べ、一番ダラダラゴロゴロしていたヴェルドが、唐突にそんな殊勝《しゅしょう》な考えを抱いた理由がまったく理解できない。

とはいえ、どうせいつもの気まぐれだろうと思い、鬼子母神と伊耶那美命は深く考えないことにする。

「とにかく、私たちもここに住まわせてもらっているからには、何か役目を果たしてポストを確立しないと！　タダ飯食らいはいい加減気が引けます」

鬼子母神と伊耶那美命は、意気込むヴェルドに一応同意する。

「ま、まあ……それはその通りです」

「私も家族に貢献《こうけん》するという考えはいいと思います。ですが、私たちは具体的に何をすれば……」

するとヴェルドは、鼻息荒く語り始める。

「大口真神は強いだけでなく、ユキちゃんのお守りをし、タクマさんの相談役をしています。守護獣や火竜や精霊は湖畔を守っています。なので今のところ、私たちが湖畔に関与できる余地はありません。だから私はこう考えたのです。だったら、当主であるタクマさんの懸念《けねん》をちょっとでも楽にできたら……と。今タクマさんはパミル王国の国境の守備を固めようと頑張られています。しかしその前段階の準備として、タクマさんが各地に壁を築く必要があるのです。ただタクマさんがそれをやるのは手間ですし、各地に壁が現れたら騒ぎになり、タクマさんが厄介事に巻き込まれないとも限りません」

ヴェルドの言葉に、鬼子母神と伊耶那美命は納得する。

「なるほど……」

「ただの気まぐれではなく、そういった意図があったんですね」

ヴェルドは二柱に自分の考えが伝わったのが嬉しく、更に話に力がこもる。

「はい！　それに、タクマさんの負担軽減になるだけではありませんよ！　タクマさんに時間の余裕ができれば子供たちも喜びますからね！　家族として住まわせてもらっているからには、これくらいのことはして当然です！」

拳《こぶし》を振り上げて熱弁するヴェルドに、鬼子母神と伊耶那美命は目を輝かせる。

「ヴェルド神……あなた、周囲の状況を気遣えるようになったのですね……」

「まさかあなたからそんな言葉が出るなんて……」

賞賛しているのか貶《けな》しているのか、微妙なラインの言葉を掛けられているのに気付かず、ヴェルドは得意げに高笑いする。

「おーほほほ！　もっと褒めてくれていいのですよ？　さあ、私たちでタクマさんの手助けをするのです！」

こうしていつもトラブルばかり起こす女神たちが、何やらヒソヒソと話し合いを始めるのだった。

◇◇◇

「まったく……あやつらがまた集まっていると思ったら……」

大口真神の本体は、神々のいる白い空間から女神たちの様子を見守っていた。

ちなみに、地上にいる大口真神は分体——つまり人間界で動くために用意されたゲームのアバターなようなものである。これはヴェルド、鬼子母神、伊耶那美命についても同じだ。

「しかし、タクマの負担を軽減したいという心意気は認めよう。どれ、今回に限っては静観といくか。ただ……あやつらを放置すれば、調子に乗ってやりすぎる未来しか想像できんから注意が必要だな」

こうして大口真神は白い空間から、しばらく女神たちを見守ることにした。女神たちの近場にいる分体で見守らないのは、その場の気分とノリである。

◇　◇　◇

「さあ、始めましょうか！」

話し合いが終わると、ヴェルドは張りきった様子で鬼子母神と伊耶那美命に声を掛けた。

「ええ、手を貸しますよ。ヴェルド神」

「そうですね。家族のためですから。私もやります」

ヴェルドがやろうとしていることは、タクマとパミル王国が現在調整を行っている、パミル王国全体を覆う結界の形成だ。

ただしタクマが考案していたような、国境に壁を築き、ゲートキーパーを配置するという方法ではない。国境に沿って神力を混ぜた魔力による結界を張るつもりだ。

更にいくつかのキーワードを与え、それに該当する者だけを結界から遠ざける。それでも侵入しようとする者は、結界によって弾かれるように作ろうと考えている。

「私たちはタクマさんの結婚式の余興《よきょう》の時にやらかしています。だからこそ、すべてを排除するような機能はやめておきましょう」

なんとヴェルドは結婚式でのやらかし――自分たち女神の神力の影響でトーランが聖域化し、タクマに近しい人々が次々と若返ってしまった事件をしっかりと反省し、自重《じちょう》していた。

「力を抑えるのは私も賛成です」

「そうですね、行動に移る前に言おうかと思っていたところです」

ヴェルドの言葉に、鬼子母神と伊耶那美命も同意する。

そして三柱はまず、祠周辺に不可視の結界を施した。不可視の結界によって、国境の結界の構築をタクマに気付かれないようにし、サプライズとするためだ。

ヴェルドはこの世界の神なだけはあり、国境を張るべき位置の把握は完璧だった。

その位置を他の二柱と共有し、結界を築くための魔力を均等に練り上げていく。必要な魔力が溜まったところで、三柱それぞれがほんの少しだけ神力を加えた。

魔力と神力が混ざり合うと、ヴェルドはそこに結界が排除する対象者のキーワード付与する。

その内容は「他国を害する可能性のある者」「タクマに悪意や敵意を持つ者」「犯罪者」「危険思想を持った者」の四つだ。

「……ふぅ。制限するのはこの四つでいいでしょう。キーワードを増やせば、それだけ力を使うことになりますから。鬼子母神と伊耶那美命はどう思いますか？」

ヴェルドの問いかけに、他の二柱も賛成する。

「そうですね」

「これでちょうどいいのではないかと」

ヴェルドは頷くと、早速結界を発動させようとした。

その瞬間、彼女たちの頭に聞きなれた声が響く。

（分かっておるな？　機能は自重せいよ？　思いつきでそれ以上付与するでないぞ）

それは大口真神の本体から届いた言葉だった。

三柱はお互いに顔を見合わせ、苦笑する。

「今の声……大口真神ですよね」

「お見通しということですか……」

「今回はやりすぎなくて本当によかったですね」

ヴェルドはホッと胸を撫でおろしつつ手を叩き、構築した結界を稼働させる。

こうしてこの日、ヴェルドミールの民に気付かれることなく、パミル王国の国境には神特製の結界が張られたのだった。

ところで先日、タクマはそれなりに苦労してゲートキーパーという魔道具を手に入れた。パミル王国の国境線に壁を築き、それをゲートキーパーで防衛するという構想のためだ。

そして長時間に及ぶ話し合いと精霊王・アルテの協力の末、ようやくゲートキーパーの使用や、魔道具に宿る精精・イーファのことをパミル王国に認めてもらえたところだ。ゲートキーパーの運用についての協議や、人族が精霊に協力してもらうにあたっての契約方法の協議は今も王城で続いている。

そして家族の一員となったイーファは、異世界で非業《ひごう》な死を遂げた制作者の瀬川雄太のため、そして新しい主のタクマのために、頑張ってゲートキーパーの役目を果たそうと意気込んでいたのだが……

女神たちは相変わらず思いつきで勝手に物事を進めてしまい、しかもそれが人々の思いや労力を無駄にしてしまっていることに、女神たちは気付かないのであった。

◇◇◇

ヴェルドたちが結界を発動したと同時に、タクマは執務室で異変を察知する。

「なんだ？　この魔力……ちょっと待て。これ、ヴェルド様たちの仕業《しわざ》か⁉」

タクマは厄介事が起こっていそうな予感を抱き、椅子から立ち上がった。そして一緒にいた大口真神に尋ねる。

「大口真神様……あれは一体……」

「案ずることはない。あやつらに巻き込まれた経験のあるお主が不安に思うのは当然だが、厄介事を招くことはなかろう」

大口真神がそう断言したものの、タクマは詳しい事情を聞く。

「大口真神様は知ってたんですか？　ヴェルド様たちは、一体何をしたんです？」

「あやつらはタクマに代わり、国境線に結界を張ったのだ」

「結界を⁉」

「ああ。現状のやり方では、タクマが事前に国内各地に壁を築くことが必要になるからな。ただそれを行い、突然各地に壁が現れれば、壁を築いたお主の存在が広く知れ渡ってしまい、騒ぎになりかねんだろう？　そのせいでお主がいらぬ厄介事に巻き込まれる危険性もある。ヴェルドたちはそれを防ぎたいとの思いのようだぞ」

「そ、そうなんですか……」

（い、いや、しかし……今、パミル王国には俺が国境に壁を築き、そこをゲートキーパーに守らせるって方法を伝えているし、向こうもその方向で調整を進めているはずなんだが……）

そんな状況の中、突然女神たちに行動を起こされてしまったらしい。

タクマは困ってしまって眉間《みけん》に皺《しわ》を寄せ、その皺を揉みながら考え込む。

（俺のことを考慮してくれたのはとてもありがたい。ありがたいが……せめて行動に移す前に言ってほしかった……）

ヴェルドたちの行動が、自分のことを案じたものなのは分かる。

だがゲートキーパーの問題だけでなく、彼女たちが動くと世界に大きな影響が起こるかもしれない。実際、タクマたちの結婚式をきっかけに、トーランが聖域と化した例もある。

タクマが途方に暮れているのを察して、大口真神が言う。

「タクマよ。お主が考えているのは、世界への影響だな？　あやつらが事を起こして、丸く収まったことはほぼないからな」

「ええ……簡単に言うとそうですね。俺や家族たちを思ってのことだとは分かっているのですが、いかんせん影響が大きいですから。せめて行動を起こす前に言ってもらえるとありがたいです……」

タクマはため息を吐くと、更に続ける。

「それに……そもそも俺が国境に城壁を築こうとしたのは、パミル王国に国の守護を依頼されたからです。だから壁を作り、そこに結界を張っても問題ないかとヴェルド様に相談に伺いました。その際、ヴェルド様が魔力を使った結界でなく、ダンジョンコアに類似したシステム——つまりゲートキーパーの魔道具を使用するようご自身から提案されたんですよ？　ヴェルド様が結界を張るという手段があるなら、その時に言ってくれればよかったですよね……それに相談の場には、大口真神様も一緒にいたはずですけど」

タクマに恨み言を言われた大口真神は、慌てて女神たちのことに話を逸らす。

「そ、そうだったかな……とにかくあやつらには、報告、連絡、相談が足りんな。ま、まあ、それはさておきだな、タクマ」

気まずそうにしつつも、大口真神は話を本題に戻す。

「今回のことに関しては安心してよいぞ。あやつらがやったことが、世界に厄介な影響を与えることはないのだ」

「そうなんですか？」

「ああ。三柱の発動した結界はすべてを拒絶するのではなく、指定するキーワードに該当する者を侵入させないものだからな。それ以外の人間には感知すらされん。ただ、結界が当初の計画とは大きく変わったものとなったことで、お主やパミル王国には面倒をかけることにはなるだろうが……

その辺りは理解してやってくれ」

「……分かりました。ひとまず報告を行い、王国側に動いてもらいます」

タクマが納得したところで、大口真神は執務室から出ていった。

「さて、まずはコラル様に報告しないと……怒られそうだけど……」

タクマは遠話《えんわ》のカードを取り出し、魔力を込めた。

すると、すぐにコラルが応答する。

「タクマ殿か！　これはどういうことだ!?　いきなりトーランのダンジョンコアから緊急通告があり、神力の行使による変化を感知したので、町に人が出入りするのを制限したというのだ！　神力というからには、あの方か？　あの方なのか!?」

いきなりそうコラルにまくしたてられ、タクマは慌ててなだめる。

「コラル様、落ち着いて。ちゃんと話しますから、まずは冷静になってください。コラル様がそんなに動揺してたら、下の者たちも心配しますよ」

「スー……ハー……すまん、取り乱した」

コラルはその言葉で冷静になり、落ち着いてタクマの話を聞くことにした。

そしてヴェルドがタクマのために、国全体に結界を張ったと理解する。

「なるほど……そうだったのか」

「ご迷惑をおかけしてすみません。ただ悪影響はありませんので、制限は解除しても大丈夫です。それにしても、トーランのダンジョンコアは優秀ですね。まさか感知するとは思いませんでした」

「ああ、タクマ殿がダンジョンコアを設置してくれて感謝している。ひとまず、コアに指示を出してくる」

コラルはそう言うと、トーランの混乱を防ぐため、コアに制限を解除するようにお願いした。

コラルが戻ってきたところで、タクマは話を続ける。

「コラル様、お手数なのですが、この件について王城にも事情を伝えておいていただけますか？ヴェルド様たちには、俺からよく言っておきますので……」

「いや、神に意見するなどおこがましい……と言うべきなのだろうが、もう少し自重してくれるようにお願いしてもらえるとありがたいな。私の胃が耐えられるように……ハハハ……」

コラルは乾いた笑いと共にそう漏らしたが、すぐに気を取り直した様子で、仕事モードの声に切り替わる。

「ひとまず私はすぐに王城に連絡し、ヴェルド様が動いてくれたことを伝えるとしよう。あちらはあちらで、ゲートキーパーを使用して国境を守護する計画を進めているだろうからな」

「はい、お願いします。また何かあったらすぐに連絡します」

こうして遠話を終え、タクマは深いため息を吐きながら窓に目を向ける。

窓の外には子供たちに交ざって楽しそうに遊んでいるヴェルド、鬼子母神、伊耶那美命の姿があった。

「俺や家族のことを考えて動いてくれるのはありがたいが、もう少し外部への影響についても考えてもらいたいな」

そう呟きながら、タクマはしばらく待ってからヴェルドたちに話をしようと決めるのだった。

◇　◇　◇

子供たちとひとしきり遊んだ後、ヴェルド、鬼子母神様、伊耶那美命はタクマに執務室に呼び出されていた。

ちなみにタクマの側には、大口真神が控えている。

「えーと、タクマさん？　なんでしょうか？」

今まで散々やらかしてきたので、ヴェルドはおそるおそるタクマに尋ねた。

「話というのは、結界についてです。大口真神様から聞きましたが、王国の国境に結界を張ってくれたんですよね？　ありがとうございます」

「「「へ？」」」

てっきりまた何かやらかしたのを叱られると思っていた三柱は、間の抜けた声を出した。

そして自分たちに向かって頭を下げているタクマに、慌てて言う。

「い、いえ……私たちはここに住まう一員なのに、遊んでばかりいましたから……」

「できることをしなければと思い、勝手にではありますが、タクマさんの憂いを晴らせるように動きました」

「ええ。なので、タクマさんが喜んでくれると嬉しいのですが……」

そう事情を話す三柱に悪気がなかったことが伝わってきて、タクマは困ってしまった。だが言うべきことははっきりと伝えておかなければと考え、三柱にお願いをする。

「ヴェルド様、鬼子母神様、伊耶那美命様。先ほども言いましたが、結界を張っていただいたこと自体はとてもありがたいです。ただ結界の件は多くの人に影響が出るので、せめて行動を起こす前に言ってほしかったです。もちろん助かる人もたくさんいますが、国のシステムに変化が出れば、国王のパミル様やその部下の官僚たちは、対応に追われることになりますからね」

タクマの言葉を聞き、三柱はようやく自分たちの考えが足りていなかったことに気付く。

「つ、つまり……今回の行動で多くの人たちの手を煩《わずら》わすことになってしまったのですね」

「ヴェルド神、それだけではありませんよ。私たちの行動を国に説明するのはタクマさんですから……」

「ええ、タクマさんが下げなくてもいい頭を下げるハメになってしまったのです」

ヴェルド、鬼子母神、伊耶那美命は小声でそう話し合い、顔を青くする。

「ご、ごめんなさい。そこまで思い至ってなかったです……」

「私も自分の考えばかりで……」

「恥ずかしい限りです」

三柱は自分たちの浅はかさを自覚し、恐縮した様子で頭を下げた。

タクマは困った顔をしつつ、ヴェルドに確認する。

「それに、ヴェルド様……瀬川雄太のことで、イーファと話し合いましたよね？　やむをえない事情があったとはいえ、転移者なのに神の加護がないせいで、悲運な人生を送った瀬川雄太が作ったイーファを、ヴェルド様は気遣っていたじゃないですか。ゲートキーパーの使用によって問題が起きないよう、各国に神託《しんたく》を下すとまで言われていたので、俺はヴェルド様もゲートキーパーで国境を守ることが最善だと考えているものだとばかり思っていたんですが……」

「う……そ、そうでしたね。なのに各所に迷惑をかけることになり、新しい人生を始めようとしていたイーファの役割も奪ってしまいました、ごめんなさい……」

「はい。確認せずに行動するとこういった事態になりますから、気を付けてください」

タクマがそう言って話を終えた時、三柱はすっかりしょげてしまっていた。

さすがに気まずくなり、タクマはヴェルドたちに声を掛ける。

「ま、まあ、とにかく善意からの行動だったのは分かっていますし、感謝はしていますので……あとでイーファには話しておきますから」

「そうですね……よろしくお願いいたします」

こうして三柱は肩を落としつつ、執務室から退室していった。

三柱がいなくなったところで、大口真神がタクマに尋ねる。

「しかしタクマよ。いいのか？　お主が原案を出し、王国が調整を行っている事柄がすべて水泡《すいほう》に帰《き》したのだから、王国側から苦情が出るやもしれんぞ」

さすがの大口真神も、自分が見張っていながら三柱の行動をセーブせず、タクマに余計な仕事を増やしたことを申し訳なく思っていた。

「いいか悪いかはともかく……まあ、呼び出しはあるでしょうね。でもいい考えがあるんです。これを言えば、王国側も何も言い返すことはできないでしょう」

「……？　一体なんなのだ？」

不思議そうに尋ねる大口真神に、タクマは得意そうに言う。

「『誰も神の行動を制限することはできない』と伝えるしかない……そうでしょう？　神は気まぐれで行動し、他者には制御不能ですからね」

そう言ってあっけらかんと笑うタクマに、大口真神は驚く。だが、すぐに自分も愉快そうに笑いだした。

「……ふふふ……確かにな。お主の言う通りだ。これほどシンプルで説得力のある言葉はない」

「そもそもヴェルド様たちを湖畔に受け入れた時点で、いろいろと覚悟はしてましたから」

こうしてタクマはひとまず、王国からの呼び出しを待つことに決めたのだった。

◇◇◇

同じ頃、パミル王国の王城では国王のパミルがコラルから報告を受けていた。

「どういうことだ？　すでに国境線の結界が張られただと？　しかも行使したのはヴェルド様!?」

「そうです。ヴェルド様が直々《じきじき》に国境の守りを固めたとのことです」

遠話のカードでコラルからそう話され、パミルはショックのあまり唖然とする。

ゲートキーパーを使用する前提で調整を進めていたのに、話し合いが無駄になってしまったことが判明したからだ。

しかし落ち込んでいるわけにもいかないので、パミルは重要な事柄についてコラルに確認する。

「それよりコラルよ、ヴェルド様が力を行使したことで、この国が聖域化するといった事態にはならないのか？　もしそうなら、他国から狙われる危険性もあるだろう」

「いえ、その心配はないそうです。ヴェルド様の行使した結界は、あくまでも王国に害をなす者を入国させないというだけの効果と聞きました。悪意のない一般市民には感知されることすらないそうです」

それを聞いたパミルはホッとして、ひとまず遠話を終えることにする。

「分かった。報告に感謝する。今後のことについては……今は考えがまとまらんが、おいおい相談させてくれ」

そう言って遠話を切った後、パミルは深くため息を吐く。ヴェルドが介入したことで、話し合っていた内容を大きく変更する必要が出てきたからだ。

その時ちょうど国境の守護についての話し合いが行われていたため、パミルは広間に集まっている貴族たちにコラルの報告の内容を伝え、彼らに意見を求める。

「あまりにも状況が変わったため、本日の会議はいったん打ち切りとする。みんな相当衝撃を受け、疲れてもいるだろうしな……それで問題はないか？」

貴族たちも全員が賛成し、そこで会議が終わりとなった。

「はぁ、いろいろありすぎてお腹いっぱいだ……」

誰もいなくなった広間で、パミルはぐったりしながらそう呟いた。先日ヴェルドたちのせいで若返ったその姿に似つかわしくないくたびれた雰囲気だ。

パミルは天井を仰《あお》ぎながら、乾いた笑いを漏《も》らす。

「ふふふ……家族には出ていかれ、更には規格外のタクマ殿に振りまわされる。我はどこへ向かっているのだろうな……」

パミルの妻である王妃たちは、パミルの不甲斐なさにすっかり呆れてしまい、子供たちを連れて湖畔に家出している最中だ。

「まったく……すべて自業自得でしょうに。タクマ殿のことはあなた自身の選択でしょう」

「うおっ……ノートン！」

一人で愚痴をこぼしているコラルの背後にいつの間にか宰相のノートンが立っていた。

「何度言われれば分かるのですか、パミル様。神の寵愛《ちょうあい》を受けるタクマ殿と対等な友好関係を結ぶと決めておきながら、ちょっとしたイレギュラーごときで揺らいでどうするのですか？　彼のもとにヴェルド様がいるのは分かっていたはず。だったら何か起きても問題ないよう備えるべきでしょう」

「……」

何も言い返せないパミルに、ノートンは続ける。

「あなたは王なのです。揺らいでは駄目です。あなたが狼狽えたり迷ったりすれば、家臣である貴族たちにも波及します。どんなに疲れていても、どんなに動揺しても、それを見せることなく堂々と対応策を出してくださいｌ。王は強き者であることが求められるのです。どうか、どうか分かってください」

涙を流しながら強くあれと願うノートンに、パミルは決意を伝える。

「……そうだ、我はパミル王国の王なのだ。強く……強くあらねばならん」

先ほどまでの情けないパミルとは考えられないくらいの力強い言葉に、ノートンは驚く。

「ノートンよ。言いにくいことを言わせてすまない。この詫びはすべてやりきることで、いや……王としての責務を全《まっと》うすることで許してくれ」

そうノートンに頭を下げるパミルの姿は、王としての貫禄を感じるものだった。

第③章

家族のためにできること

10　タクマの素顔

「さて、報告も終わったし、あとは呼ばれるのを待つだけだな。まあでも……計画が変更された混乱を収めるのが先だろうから、呼ばれるまで時間が掛かるかもな」

執務室の椅子の背もたれに寄りかかりながら、タクマは今後のことをそう予想する。

「そうですね、マスター。せっかくですから、呼ばれるまでゆっくり過ごしたらいかがですか？　ダンジョン攻略以降、短い日数で立て続けにたくさんの事件が起きましたし」

「そうだな。ナビの言う通り、のんびりと待つとするか」

タクマがそう言って執務室を出ると、庭では子供たちと、キーラをはじめとした魔族たちが遊んでいた。

「あ！　おとうさんだ！」

子供たちはそう言ってタクマ目がけて走りだす。

「たくまさんだー！」

「あっ！　待ちなさ……」

魔族の子供たちも、タクマの子供たちと一緒になってタクマの方へ走っていく。

魔族たちはまだタクマに対する遠慮や緊張が完全に消えてはいなかったが、魔族の子供はそういったことはなく、すっかり打ち解けている。

「お、ずいぶんと仲良くなったんだな?」

走り寄ってきた子供たちにタクマが声を掛けると、人族の子供も魔族の子供も口々に元気良く返事をする。

「うん! おともだちになった!」

「みんないいこたち~」

「いっしょにあそんでたの!」

「そうか、よかったな。みんな仲良くするんだぞ」

タクマはそう言って、分《わ》け隔《へだ》てなく子供たち全員を撫でる。

魔族たちは、タクマが優しい笑みで魔族の子供を撫でているのを見て、驚きを隠せない。

移住前にタクマにたくさん説明を受け、歓迎会で一緒に過ごし、タクマに一切差別がないのは分かりきっているのだが、それでも実際に目の当たりにすると何度でも驚いてしまうのだ。

「ああ見えて、子供好きなんですよ」

タクマと子供たちを遠巻きに見ていた魔族たちに、夕夏がそう声を掛けた。

「え? あ、そ、そうですね。ちょっと意外でした……」

魔族たちはタクマに対して、忌神を従えるような怖い一面もあると考えていたので、正直にそんな感想を伝えた。

タクマの本質をよく知る夕夏は、魔族たちにタクマの性格を教えていく。

「タクマは種族で人を蔑んだりしませんよ。それに家族になると決めた以上、私たちに向けるのと同じ愛情を注ぎます。それにタクマは自分の身内にはとっても甘いの。家族たちを守るためなら、世界を敵に回してでも戦うと思う。彼にとって家族は、それくらいかけがえのないものなの。だけど自分や家族、そして友人に対して害をなそうとする相手には……キーラさんなら分かるわよね？」

夕夏に尋ねられて、キーラが答える。

「僕はナーブを悪魔憑きにした時にタクマさんと対峙したけど、もし僕が敵対する危険な存在なら、躊躇《ちゅうちょ》なく潰すって感じだったよ。その時、タクマさんは敵に回してはいけない存在だって分かった」

夕夏はキーラの言葉に、笑みを浮かべながらゆっくりと頷く。

「キーラさんの言っているように、タクマの態度ははっきりしてる。敵に対しては一切容赦しない。だけど迎え入れた者は家族として歓迎するし、誰に対しても優しいのよ」

夕夏はそう言いながら、タクマの方を見る。

魔族たちもそれにつられ、再びタクマの様子を観察する。

そこには魔族の子供たちに優しく声を掛けるタクマの姿があった。その態度は、もともと家族だった子供たちに対するものとなんら変わりがない。

「タクマさんのことが、少し理解できた気がします……」

「うん。信頼できる人だとは分かっていたけど、より深く知れてよかったです」

魔族たちは表情を和らげ、夕夏にそう伝えた。

「何度でも言うけど、もうあなたたちは彼の家族なの。種族なんて彼や私たちにとっては個性でしかない。だから、ここでは安心して暮らしてね。それこそが、彼の望みなの……」

家族というものに人一倍愛着を持っているタクマが、魔族の子供たちと楽しそうに過ごしている様子を見て、夕夏は微笑みながら続ける。

「それから、あなたたちもいろいろあったでしょう？　でも、それは昨日までよ。今日から私たちと一緒に、穏やかに暮らしていきましょう。まだ暮らしに慣れてないから、また不安になるかもしれないけど、きっと大丈夫。あなたたちの不安は、私たちみんなで解消してみせるから」

思いやりに溢れた夕夏の言葉を聞き、魔族たちは感動で涙を流す。

「夕夏さん……私たちはタクマさんを誤解していたかもしれません。教えてくれてありがとうございました」

「タクマさんが家族の前でああして素を出せるのは、夕夏さんたち家族がとても大事だからなんですね」

「そんな素晴らしい家族の一員に迎え入れてもらえて嬉しいです」

魔族たちは希望で顔を輝かせながら、明るくて親切なタクマの家族たちの一員になれた喜びを噛みしめる。

そして行くあてのなかった自分たちを迎えてくれたタクマに、改めて深い感謝を捧げるのだった。

◇◇◇

そして翌日、キーラは真新しい家で目覚めた。

「ん……ここは……？」

寝ぼけ気味のキーラは、いつもと違う部屋の景色を見てそう呟く。

（あ、そうか……僕たち、タクマさんのところに移住したんだった。それにしても、こんなに熟睡《じゅくすい》できたのはいつぶりだろう）

キーラはそう考えながら体を伸ばしてベッドから出る。ナーブの一件があって以来、ずっと心の休まる時がなかったのだ。

それがタクマの集落へ移住した途端、警戒せずに眠れるようになり、キーラはタクマの存在が自分たちにとっていかに重要か、改めて痛感した。

キーラが着替えて外に出ると、ちょうどタクマが守護獣たちと共に散歩をしているところだった。

「お？　ずいぶんと早起きだな。寝れなかったのか？」

キーラを見たタクマに心配され、キーラは慌てて否定する。

「へ⁉　いやいや、むしろ逆だよ。久しぶりによく眠れたから、なんとなく目が覚めただけ！」

「そうか、ならよかった。まあ、せっかく起きてきたんだ。飯までまだ時間もあるし、ちょっと付き合えよ」


キーラがタクマと一緒に向かった先は、綺麗に整備された庭の一角だった。

そこはアルテの祠のある場所であり、エルフたちの悪行によって命を落としたユキの両親が埋葬されている場所でもある。

祠の前で立ち止まり、タクマはキーラに尋ねる。

「ところで……今日から本格的にここで暮らしていくわけだが、どうだった？　俺の家族たちは」

「僕は先に一度歓迎会をしてもらったけど、その時と同じように感じたかな！　すごく親切だったよ。うまく言えないけど、僕たちに同情して気を遣ってるのとは違って、なんか心から受け入れてもらってる印象だった」

タクマはキーラの言葉に頷き、祠に目を向けながら言う。

「俺の家族がキーラたちを受け入れられるのは、みんな痛みを分かっているからだ。みんな人に疎《うと》まれ、行き場を失った辛さを知っているのさ」

「そうなんだってね……アークスさんからも聞いたよ……」

「そうか……アークスも言っていたのか」

「うん。だからこそ同情じゃなく、心から人を受け入れるんだって教えてもらった」

キーラはそう言った直後、ふとあることが気になった。

「ところでタクマさんは？　なぜタクマさんは居場所のない者たちを受け入れるの？」

「簡単だよ。俺も同じだったからだ。周りから蔑まれ、疎まれ、一人だった」

優しい笑みを浮かべながら、タクマは平然と答える。

タクマの言葉に、キーラは驚きを隠せなかった。

そんなキーラの反応に苦笑いを浮かべつつ、タクマは続ける。

「俺は夕夏に救われた。居場所がなかった俺を受け入れ、存在を認めてくれたからな。だから俺も自分の手が届く範囲ではあるが、同じように行動しようと決めたんだ」

「そうなんだ……タクマさんにはできないことなんてないって思ってたけど、タクマさんも同じように夕夏さんに救われていたんだね」

「俺にはできないことだらけだよ。夕夏に助けられなければ、今こうやってここで暮らしていることもできていなかったと思う。家族を作るって夢も持てなかっただろうな。だからこそ俺は、家族のことを絶対に守る。俺のすべてだから」

そう言ってキーラを見たタクマの目は、決意に満ちたものだった。

キーラはこの瞬間、タクマの心を本当に理解した気がした。そして自分たちがタクマの考えている守るべき家族の一員であり、これからタクマたちと共に平穏に生きていけるのだと確信したのだった。

「……タクマさんも、いろいろあったんだね。うん……理由が分かってすっきりした」

タクマのことを知れたキーラは顔を上げる。その表情はとても晴れやかで美しいものだった。

キーラの様子を見て、タクマは満足そうに頷く。

「そうか……すっきりしたなら、あとはやりたいことを見つけるだけだな」

「うん！　そのことでね、実はタクマさんに話があるんだ」

「ん？　なんだ？」

「それがね……」

キーラが話し始めたのは、昨日魔族たちで決めた内容だった。

◇　◇　◇

時間は少し遡《さかのぼ》り、昨夜のこと。

キーラは仲間の魔族たちと一緒に、話し合いを行っていた。

「ねえ、みんな。ここに移住するからには、僕たちもタクマさんの家族のために、できることをすべきだと思うんだ」

「そうだな。それは俺も考えていた。何ができるかは分からないが、集落の一員として迎えてもらった以上、その恩に報いなければ」

「私たちにできること……」

魔族たちはそれぞれ、自分がタクマたちに何をお返しできるか、考え始める。

しばらくして、キーラはあることを思い出した。

「そういえば……タクマさんが子供たちに魔法を教えてほしいって言ってたなぁ」

キーラの言葉を聞いて、他の魔族たちは嬉しそうに盛り上がり始める。

「魔法？　それなら教えられるぞ」

「そういえば、あの子たちの潜在能力はすごそうだな」

「私もそれは感じたわ。魔力の質が、私たちに近い気がするよ」

「それだけじゃない。大人たちにも教えれば能力を伸ばせそうな者が多かった」

「ああ、どういう理由かは分からんが、どうやらタクマさんに近しい者は、全員魔法に対する才能が高いようだな」

みんながひとしきり発言し終えたところで、キーラが切り出す。

「みんなが言うように、タクマさんの家族たちの潜在能力は、僕も感じたんだ。だから……アレをやろうと思ってね」

キーラが言っているのは魔族に伝わる秘術だった。

だがキーラの判断に、仲間たちは驚きを隠せない。

「……本気か？」

「アレがおいそれと使っていいものではないことくらい、キーラも分かっているよな？」

ざわつく仲間たちに、キーラは自分の考えを説明する。

「もちろん分かってる。だけどタクマさんたちは僕たちを無条件で家族にしてくれたんだよ？だったら僕たちも、持っているものは分け与えないと。それに、そもそもこの秘術は、仲間のために使うものだからね。だったら僕は、タクマさんの家族にも使ってあげたい」

「そうか……確かにな」

「キーラがそう言うなら……」

「ああ、その場の勢いで使っていい術ではないが、しっかりと考えた上でのことなら問題ないだろう」

「家族……そうだな。家族のためになるのなら使わないとだよな」

「俺だってあの人たちが危険なことに晒《さら》されるのは本意じゃない……いや、むしろ今は、絶対に避けたいと感じている」

魔族たちはしばらく戸惑っていたが、キーラから強い決意を感じ取り、一人、また一人と賛成していった。

こうして全員の気持ちが固まったので、代表してキーラがタクマに秘術の使用を提案することになった。

「――っていうことでね、魔族の秘術をタクマさんたちの家族に使いたいんだ」

「……」

◇　◇　◇

タクマはキーラの話を黙って聞いていた。

「ありがとう。キーラたちの気持ちは本当に嬉しい。魔族たちが俺たちに心を開いてくれてるってのを実感できたよ。それに、うちの家族全員に魔法に対する資質があるっていうのも驚きだった」

だがタクマはそこで一度言葉を切り、心配そうに尋ねる。

「でもいいのか？　秘術はお前たちにとって大切なものなんだろう？　秘匿《ひとく》したいものなら、無理に明かさなくてもいいんだぞ？」

タクマの問いかけに、キーラは笑顔のまま首を横に振る。

「んーん、大丈夫。秘術とは言っているけど、そんな大層なものではないんだよ。だから僕たちに秘術を使わせてほしい。なんといっても、もう家族だものね！」

「そうか……キーラたちがそう言ってくれるのなら、俺からもお願いするよ。家族たちを頼む」

「もちろん！　任せといてよ！」

家長として真摯《しんし》に頭を下げたタクマに、キーラは満面の笑みで頷いたのだった。

11　正体を明かす

しばらくして、タクマとキーラはバーベキューの準備をしていた。その場にはタクマの家族たちや、魔族たちも一緒にいる。

最初、タクマがバーベキューの準備を始めると言いだした時、キーラは戸惑ってしまった。

「昨日も歓迎会の時に、みんなでバーベキューをやったでしょ⁉　こんなに豪勢なこと、僕たちのためにやってくれてるんだったら申し訳ないよ！」

だが焦って止めようとするキーラに、タクマは平然と言う。

「豪勢？　うちは事あるごとにみんなで食事をするから、これが普通なんだよ。連日歓迎会って意図はないから気にしないでくれ。言っておくが、うちはこれが普通であり、キーラたちにも慣れてほしい。移住を決めた以上、ここの流儀に馴染んでもらうからな」

「え？　これが普通なの？」

思わずといった様子で聞き返してきたキーラに、タクマは笑顔で頷く。

「そう、普通。家族が一緒に食事を取るのは当たり前だし、常識だろ？　それを外でやるか、中でやるかの違いでしかないさ」

楽しそうに言うタクマを見て、キーラは苦笑いを浮かべつつ、そういうものかと納得したのだった。


こうしてバーベキューのために、魔族や他の家族たちが揃って準備を始めた。

だがみんなが準備に取りかかろうとしたところで、タクマが声を掛ける。

「みんな、いったん待ってくれるか？」

タクマは表情を引き締め、改まった様子で話し始める。

「キーラ、そして魔族のみんな。この機会にちょっと重要なことを話しておかないといけないから聞いてくれるか？」

「ん？　重要なこと？」

「ああ。たぶんキーラをはじめ、みんなが疑問に思っていることを話しておこうかと思ってな」

「……それって、タクマさんが神の寵愛を受けていることに関係してたりする？」

「！　……キーラは分かってたのか」

タクマは魔族たちが湖畔に定住すると決めたことを受けて、この場所の特殊性を説明しておこうと考えていた。しかしそれを説明するには、まず自分がヴェルドや大口真神の加護を受けていることが発端となり、様々な種族の者たちがここに集まり始めたと告げる必要があった。

しかしタクマが口にする前に、キーラがいきなり核心に近いことを言ったので、タクマは驚きを隠せない。

「……まあしかし、強さに敏感な魔族が気付かないはずはないか」

タクマがそう呟くと、キーラはケラケラと笑いながら言う。

「そもそも、タクマさんは隠す気ないでしょ？　ありえないほどの魔力量、強さ、守護獣、更には忌神様……いや、大口真神様だっけ。それにここって他の神様もいたりするんじゃない？」

キーラの察しのよさに、タクマは再び驚く。

だがもともと魔族たちにすべてを明かすつもりでいたので、今更取《と》り繕《つくろ》う気もなかった。

「うん……概《おおむ》ね正解だ。だったら話は早いな」

こうしてタクマは、キーラをはじめとした魔族たちに、自分の出自を語り始めた。

自分がヴェルドミールの出身ではなく、日本という国から来た転移者であること。そのためにヴェルドや日本の神々からの寵愛を受けるようになったこと。更には日本や転移後のヴェルドミールで、どんな行動を取ってきたかも話していく。

ちなみにタクマの家族たちは、すでに全員がタクマの来歴を知っているので、動揺している者はいなかった。

キーラはタクマの話に衝撃を受けつつも、同時にタクマの強さの理由を理解する。

魔族は魔力の容量ではヴェルドミールで最強の存在だ。しかしそんな魔族であっても、タクマの魔力量のすべてを推し測ることはできなかった。その原因が神の寵愛にあると薄々気付いていたキーラだったが、タクマから話を聞くことで、自分の予想が正しかったのだと理解することができた。

ひと通り説明を終えたところで、タクマが言う。

「ただ……そうはいっても、俺は平穏に暮らしたいだけなんだ。ヴァイスたち、夕夏、ユキをはじめとした家族全員が幸せに暮らせるなら、別にこの力を使う気なんてない。だけどな？　キーラも分かると思うけど、平穏に暮らすには力も必要だ。自分の身を守るためにも、大切な者を守るためにも。だからもし俺がすぐに助けに行けない時には、キーラたちにも、家族を守るために力を貸してほしいと思っている」

タクマはそこで自嘲《じちょう》気味に苦笑いを浮かべる。

「魔族を受け入れることに打算はないとか言っていたが、実は打算がゼロってわけじゃないんだ」

キーラはタクマの言葉を聞き、首を横に振る。

「ねえタクマさん。僕たちは嬉しかったよ。魔族である僕たちを受け入れてくれたこと……そこに打算があったとしても。そもそもさ……打算という意味では僕らも一緒じゃん。タクマさんの庇護を受けて平穏な生活を送りたいからこそ、移住を選択したんだから」

「言われてみればそれもそうか……なら、問題はないな」

ホッとするタクマに、キーラが笑いながら言う。

「いやー、でもよかったよ。タクマさんから急に改まって話があるとか言われたから、てっきりタクマさん自身が神様だって言い始めるのかと思ってビクビクしてたんだよー」

「え？　キーラはなんでそれが分かったんだ？」

「へ？」

「んん？」

「「…………」」

キーラとタクマは数秒間沈黙し、頭の中で状況を整理する。

その直後、お互いの表情がみるみるうちに変わっていった。

「キ、キーラ……さっきの神様って、冗談で言ってただけだったのか？」

「タ、タ、タクマさん……神様だったの!?」

「い、いや……神といっても普通の人間と変わらない……はずだ……」

曖昧な言葉で話を濁《にご》そうとするタクマに、キーラがツッコミを入れる。

「そんなわけないでしょ！　神なのに普通の人間と同じとか、意味不明だし無理があるよ？　そもそも人が神に至る方法があるなんて聞いたことないよ？　なんでそんなことに!?」

というわけでタクマは、自分の種族が人族から神に変化した経緯も説明することになった。

「……とまあ俺の種族が変わったのはそんな経緯で、神になりたくて行動したとか、神の試練を受けたわけじゃない。正しい言い方かは分からないけど、ノリと勢いで動いた結果ってことだな」

「…………」

タクマの話に呆然として絶句しているキーラに、側にいた大口真神が話しかける。

「タクマの話は面白かったであろう？　人の身で神へ至る者が、このようにその場任せとは誰も思わぬだろうよ……まあだからこそ、タクマは神へ至れたのだがな。流れに身を任せ、ヴェルド神の我儘《わがまま》をそのまま引き受けた。そのせいもあって、我を含む異世界の神三柱に加え、ヴェルド神が勢いで力を与えすぎたのだ。通常ヴェルドミールの神であるヴェルドの強い加護を受けるだけでも世界でトップになれる器が手に入るというのに、更に異世界の神からの加護を強く受ければ、進化しないわけがあるまい」

要はタクマも神たちも、自重なくノリと勢いで行動した結果、タクマが進化してしまったということだ。

「な、なんでそんな軽い感じで加護を与えちゃうのかな？　タクマさんも、気軽に神様のお願いを聞いちゃうとか……」

ポカンとした表情で呟くキーラに、大口真神は柔らかな口調で言う。

「我ら神とて、自分たちを崇《あが》め、頼み事を聞いてくれる存在には力になりたいと思うものなのだ。というかこやつは、我ら神ですら家族と思っている節もある。だからこそ、我らの頼みもつい気軽に引き受けてしまうのであろう。だったら、我らも報いねばなるまい……のう、聞いておるのだろう？　残念三女神たち」

その言葉と共に、キーラの目の前にヴェルド、鬼子母神、伊耶那美命が姿を現す。

「大口真神様、さすがに残念女神と言うのはやめていただきたいのですが……」

おずおずと訂正を求めるヴェルドだったが、大口真神はその要望を一蹴する。

「残念女神なのは事実であろう？　我は訂正せん。それよりも大事なことがある。タクマは自分のことをキーラに話した。だからお主らのこともすべて明かすぞ」

こうしてキーラは、大口真神からヴェルド、鬼子母神、伊耶那美命のことを紹介された。

「は……はは……忌神様だけでも驚きなのに、また増えた……ノリと勢いって怖い。あははは……これは深く考えたら駄目なやつだ……」

キーラはそう言いながら、乾いた笑い声を立てる。

半ば放心状態のキーラに、大口真神は話を続ける。

「あらかじめ言っておくが、我らのこともタクマと同様、神として扱う必要はないからな。今の我らは、タクマの集落で世話になっている居候《いそうろう》くらいに考えておればいい」

「そうだな。まあ、ご意見番とでも思っておけばいいさ」

そんなタクマの言葉に、キーラもようやく肩の力が抜けていく。

「分かった……できるかどうかは別として、みんな家族として考えればいいということだね？」

「ああ、それでいい」

その後キーラは、夕夏とリュウイチ一家についても詳しく説明された。

「ふあー……タクマさんだけじゃなく、奥さんも転移者で過去に召喚された同郷の恋人……僕たち、すごい集落に移住したんだねぇ。更には神様まで家族って……」

自分たちの住む場所の特異性に、驚きを通り越して呆けるしかないキーラだった。

ちなみに後ろでキーラと一緒に話を聞いていた魔族たちも同じように動揺したり呆れたりしていたが、リーダーであるキーラに倣《なら》い、なんとか状況を受け入れていた。

しかしようやく魔族たちが落ち着きを取り戻し始めたその時、タクマがとんでもないことを言い始める。

「あ、そうそう。魔族たちを迎えた時には出てこなかったけど、ここにはまだ住人がいるんだ。せっかくだし、みんなに紹介しておくか」

「へ？　他の住人？　ちょっと待ってくれないかな」

キーラはハッとした様子で顔を上げ、慌ててタクマを止める。

「僕は火竜のリンドさんとジュード、それに精霊王のアルテさんにはもう会ってるから大丈夫だけど、さすがに他の仲間たちにはショックが大きすぎると思うんだ。せめて紹介は別の日に……」

しかしキーラが話している途中で、子供たちの元気な声が響く。

「おとーさーん！」

「リンドさんとジュード、せいれいさんたちもバーベキューするってー！」

「だからつれてきたー！」

子供たちが手を振りながら、森からやって来る。

しかし魔族たちは、子供たちと一緒に現れた火竜のリンドを見て表情を変えた。

緊張した声で、子供たちに向かって叫ぶ。

「逃げろ！　そいつは駄目だ！」

「危ない！　逃げて！　ああ!?　間に合わない！」

魔族たちは一斉に自分たちの魔力を練り、臨戦態勢に入る。

「これは止めないとダメね」

これまで様子を見守っていた夕夏が、自らに結界を施して間に入った。

「!!　夕夏さん！」

「どいて！　火竜がいるんだ！」

「子供たちが危ない！」

必死の表情で叫ぶ魔族たちに、夕夏は穏やかに語りかける。

「大丈夫。あの竜はここの住人で、子供たちの友達なの。だから攻撃なんてしないでね。そもそもタクマの言った、紹介したい住人というのは彼らのことなのよ」

夕夏の言葉を聞いた魔族たちは、衝撃のあまり練り上げた魔力を霧散《むさん》させてしまった。

そして信じられないという表情を浮かべながら、夕夏に聞き返す。

「ま、まさかとは思うが、ここには竜が住んでいるのか？」

夕夏は魔族たちを落ち着かせるように、笑いながら続ける。

「竜も住んでいる、というのが正しいかしら。よーく見て？　あの子たちの周りを」

夕夏に促された魔族たちは、子供たちの周囲に目を凝らした。

「あ、あ……精霊……だと？　それもあんなに……」

魔族たちの目に映ったのは、嬉しそうな表情で子供たちの周りを飛んでいる精霊の姿だった。

精霊と竜の姿を目の当たりにした魔族たちは、思わずその場に跪《ひざまず》いてしまった。火竜は力の象徴として、精霊は自然界に存在する魔力を司る伝説の存在として、それぞれ崇拝の対象となっているからだ。

魔族たちの反応を見て、リンドが夕夏に尋ねる。

「夕夏、いいの？　私たちも一緒に食事をして。いくら魔族たちでも、いきなりこの状況を受け入れるのは難しいと思うけど……子供たちに誘われて来てはみたけど、私たち火竜がこの世界で恐れられていることは十分に分かっているわ」

不安そうなリンドに、夕夏は堂々と答える。

「いいに決まってるじゃない。ここで一緒に暮らすのなら、慣れてもらわないとね。ここに住んでいる者たちは等しく私たちの家族なんだもの。火竜だとか精霊だとか魔族だとか、そんな区別は必要ないでしょ？　タクマがみんなを受け入れているのだから、魔族のみんなも理解してくれないと」

夕夏の言葉は跪いている魔族たちの耳にもしっかり届いていた。そして魔族たちは、リンドもまたタクマが家族として迎えた者だと理解する。

リンドも夕夏の言葉を聞き、嬉しそうに笑う。

「ふふふ……そうね。ここのみんなは私たちのことも平然と受け入れられるくらい、肝《きも》の据わった人たちばかりだものね。私以外にも変わった存在はたくさんいるし……事実として受け入れられなくても、諦めて付き合ってもらうということかしらね」

「そうそう、考えても無駄だもの」

夕夏はリンドに相槌《あいづち》を打つと、今度は魔族たちに声を掛ける。

「みんな聞いてね。このリンドもそうだけど、ジュードも精霊たちもみんな家族なの。みんなと同じで、ここに暮らす家族。だから最初は驚くし慣れないと思うけど、仲間外れはなし。どんな存在に対しても平等に接してね」

「家族……」

真剣な眼差しで話す夕夏の言葉は、魔族たちの心に響いた。

「……受け入れがたい事実ではあるが、それが現実なんだよな……」

「それに俺たちは、差別のない生活を望んでここに来たんだ」

「そうよね……誰とでも平等な家族みたいな関係を築く……それが私たちの望みだったわ」

魔族たちは困惑しつつも、そんな風に話し合う。そしてお互いに顔を見合わせて頷き合った。

「夕夏さんの言いたいことは分かった。俺たちも受け入れるよ。ここに住む者は等しく家族だ。リンドさん、失礼な態度を取ってしまって申し訳なかった。我らはタクマ殿に保護された魔族だ。これからよろしくお願いします」

魔族たちはそう言って、リンドに詫びつつ挨拶をする。

「気にしなくていいわ。衝撃的だったのは分かるから。よかったら、あそこにいるアルテとも仲良くしてね」

「へ？」

リンドの視線の先に魔族たちが目を向けると、そこにはこれまで黙って夕夏の側にいたアルテの姿があった。

「あ、私が精霊王のアルテよ。よろしくね」

アルテは軽い口調で、魔族にそう挨拶をする。

「気軽な感じで夕夏さんと話していたあの精霊……精霊王だったのか!?」

「は、はは……神に火竜……それに精霊王……」

「駄目よ、深く考えては！」

魔族たちは呆然としながら、そんな風に言い合う。

そしてようやく心が落ち着いてきたところで、改めて周りの様子に目を向ける。

タクマの家族たちは、大人も子供も当たり前のように楽しげにリンドや精霊たちに接している。

彼らにとって、この状況は当然なのだ。

「こういった日常を、俺たちも重ねていければ……」

「ああ、そうだな。そうしたら俺たちも、こんな風に家族のようになれるということだな……」

魔族たちはそう語り合った。

「……うん、考えるだけ無駄だね。僕たちはできるだけ早く、この環境に慣れることに集中しよう！」

キーラが吹っ切れた様子でそう言うと、他の魔族たちもそれに同意して深く頷いた。

それからキーラは元気良く立ち上がり、仲間たちに声を掛ける。

「みんな、準備の手伝いに行こう？　僕たちはここの住人になったんだ。いつまでも受け身じゃ駄目だよ。早く慣れるためにも、行動しないと」

「あ、ああ。そうだな。行こう！」

魔族たちはそんな言葉を交わしつつ、バーベキューの準備をするタクマの家族たちのところへ歩きだした。

「……タクマよ、魔族たちは状況を受け入れたようだ。心境は複雑であろうが、前向きに動きだしているぞ」

魔族たちの様子を静かに見守っていた大口真神が、タクマにそう報告する。

「そうですね。さすがにショックを与えすぎたんじゃないかと心配だったんですけど、前向きに動いてくれているのならよかったです」

「まあ、自分たちにとって大きな利点があるのなら、多少の衝撃など受け入れて慣れてゆくものだ」

大口真神の言葉に、タクマは首を傾げる。

「うちで暮らすことって、そんなに大きな利点ですかね……？　あくまで普通の仲の良い家族だと思うんですが。まあ楽しく平穏な生活ではありますけど、大口真神様の言うような衝撃を相殺《そうさい》するような大きな利点はない気もします」

「ふむ……」

魔族たちの悲願を叶えたのだから、十分大きな利点だと大口真神は考える。だが一方でタクマの言う通り、さすがに魔族たちには一度にショックを与えすぎたかもしれないとも思っていた。

「そうだな……では新たな家族たちのために、我が引越し祝いでもやるとしよう」

大口真神はそう言うと、全身から淡い金色の神力を発する。そしてそれを魔族たちの上から浴びせかけた。

慈愛に満ちた優しい神力が、キーラたち魔族に降り注いでいく。

「わー、きれいー」

「きらきらー」

その場にいる子供たちは、魔族たちに降り注ぐ光に釘付けになり、嬉しそうに声を上げた。

魔族たちは自らに降り注ぐ神力を見つめ、驚きの表情を浮かべる。

「これは一体……？」

「体の奥から力が湧き上がってくる……」

何が起こっているのか理解できず、魔族たちは困惑して大口真神を見つめる。

大口真神はそんな魔族たちを愉快そうに眺めながら語り始めた。

「今与えたのは、我の加護だ。その力で家族を守り、タクマの役に立つがいい」

「なっ⁉」

「忌神様の加護⁉」

「つまりタクマさんと同じ、異世界の神からの加護を貰ったってことか……？」

神が認めた者にしか与えられない力が付与されたと聞き、魔族たちに動揺が走る。

だが大口真神は大したことではないといった様子で、あくまで穏やかな口調のまま続ける。

「ちょうどお主らには信仰する神が存在しない。だったら忌神と呼んでいた我の加護はちょうどよかろう。何かあったら頼って構わんぞ」

（大口真神様はそんなにここが気に入っていたのか……）

タクマは魔族と大口真神の様子を見守りながら、そう考えていた。

現在、大口真神は本体ごとヴェルドミールに定着しているが、ヴェルドミールに住む者の信仰を集めることは、ヴェルドミールの神としての力を強めることに繋がる。

つまり魔族たちに加護を与えて信仰を許すことは、大口真神がヴェルドミールの神としてより深く根づいていくことを意味するのだ。

本来は日本の神である大口真神が、なぜそうするのか、タクマには真意が分からなかった。

タクマのためかもしれないし、神だからといって特別扱いされないこの地を気に入っているのかもしれない。

とにかく大口真神が魔族のために動いてくれたことに、嬉しさを感じながらその行動を見守っていた。

大口真神はタクマの視線に気が付き、ニヤリと笑って念話を送ってきた。

（ふふ……タクマよ。その表情からすると、我の目的を測りかねているようだな）

（はい、その通りです。魔族を助けてくれることは嬉しいのですが、崇められることを嫌う大口真神様らしくないなあとも思いまして……）

（ふむ……別に崇められたいわけではないぞ）

大口真神は少しムスッとすると、魔族たちに加護を与えた理由を説明し始める。

（我はこの地やお主らを気に入っている……だが、他にも我には更に力を必要とする理由があるのだ）

（えっ、一体なんのためですか？）

（それは我が残念女神たちの暴走を抑えるためだ。あやつらが何かやらかした際に止められる者は我しかおらん。しかし現状、多勢に無勢だからな。だからこそ信仰を集めて神力を高め、ヴェルド

神たちに対抗しようと考えているのだ)

そこまで言って、大口真神は深いため息を吐いた。

(あやつらに悪気がないのは重々承知している。だがそれでも三柱が暴走すると、ヴェルドミールにとっての影響が大きすぎるからな)

(そこまで考えてくれていたのですね。ありがとうございます)

タクマは大口真神の優しさに感謝する。

(礼を言う必要などないぞ。我はこの地を気に入っておるから、悪気がないとはいえ、その平穏を脅《おびや》かす三柱の抑止力となりたいだけよ。お主や魔族たちのことは二の次にすぎん)

タクマは苦笑いを浮かべた。その言葉が、タクマに負担を感じさせないためであり、照れ隠しであるということが理解できたからだ。

だがそれをわざわざ言うのも無粋《ぶすい》なので、黙ったまま頭を下げるのだった。

「忌神様!」

タクマと大口真神がそんなやり取りをしていた時、キーラの声が響いた。

二人が声のした方を見ると、キーラをはじめとした魔族たちが跪いている。

「忌神様……いえ、大口真神様! 僕たちはあなたを信仰いたします。いただいた加護はあなたが望むように使っていきます。ありがとうございました!」

大口真神は、キーラたちの言葉と同時に自らに信仰の力が流れ込むのを感じた。そしてニヤリと笑い、キーラたちに言う。

「うむ。お主らの信仰は受け取った。これからもよろしく頼むぞ」

「「「ハイ!!」」」

キーラたちの力強い返事を聞き、大口真神は満足そうに頷き、タクマの家族たちのところへ歩きだす。

キーラたちもそれに続いて立ち上がり、すぐにバーベキューの手伝いに戻っていくのだった。

タクマの家族たちと合流した魔族たちの表情は、かなり吹っ切れていた。自分たちに頼れる神がいることを、かなり心強く感じている様子だ。

「ふぅ。いろいろあったが、概ね大丈夫そうだな」

タクマは自分の種族や湖畔の住人を、魔族たちが受け入れられるかどうか不安だった。それが解消され、ホッと息を吐く。

視線の先には様々な種族で構成される家族たちの姿がある。

タクマはその家族たちのところへ、笑みを浮かべながら歩きだしたのだった。

12　器合《うつわあ》わせ

バーベキューが終わってタクマがゆっくりしていると、キーラをはじめとした魔族たちがやって来た。

「タクマさん、せっかくみんな揃っているし、早速だけどアレをやろうと思うんだ。いいかな？」

「ん？　アレ？」

タクマは突然「アレ」と言われて首を捻る。だが、すぐにキーラから聞いた話を思い出した。

「ああ、秘術のことか？」

「そう！　魔族に伝わる秘術だよ！」

興奮気味に言ってくるキーラに、タクマは少し困惑してしまう。

（そんな急いで動かなくてもいいいんだけどな。まあ、早くここの生活に慣れようという気持ちの表れなんだろう……）

（マスター、キーラたちの好きにさせてはいかがでしょうか？）

タクマがそう考えていると、ナビが念話で助言してきた。

（幸い家族の皆さんは魔族たちに好意的です。やる気を削ぐようなことを言わず、好きにさせてみてはいかがですか？）

「え、えっと……ちょっと先走っちゃったかな？」

二人の念話が聞こえないキーラは不安げにそう言った。

「やっぱり僕らがタクマさんたち家族に馴染んでから……つまり、もうちょっと後の方がよかったよね」

「いや、大丈夫だぞ」

タクマはキーラを遮り、ナビのアドバイス通りの言葉を掛けた。

「やっぱり今の話は忘れ……ふえ？」

キーラは途中で言葉を切り、間の抜けた声を出した。まさかタクマから肯定の言葉が返ってくると思わなかったのだ。

「だから、やってくれて大丈夫だ。キーラたちが家族のためにと考えて提案してくれたんだから、俺としてはタイミングは気にしてないさ」

タクマの言葉を聞き、キーラはホッとした様子だった。

「でもいいのか？　その秘術っていうのは、キーラたち魔族が秘匿している重要なものなんだろ？家族のためを思ってくれるのは嬉しいが、無理に差し出すようなことはしてほしくない」

魔族のことを気遣うタクマだったが、その言葉を聞き、キーラは首を横に振る。

「ううん、無理になんかじゃないよ。僕らがタクマさんたちに何かお返しをしたいんだ。みんな僕たちにすごくよくしてくる。だから僕たちにも、この素晴らしい家族を守るための行動をさせてください」

キーラは真剣な表情でタクマに訴えた。

「……うん。そうだな。キーラたちがいいなら頼めるかな？　その秘術がどういうものなのか、俺にはさっぱりだが、それを使って家族の安全が確保できるなら願ってもないことだから」

タクマもキーラの思いを受け止め、そう言って頭を下げた。

「うん、任せて！　ね、みんな！」

家長であるタクマに頼まれたせいか、キーラのやる気に火がついた様子だ。

「「「おう！」」」

他の魔族たちも気合いに満ちた声でキーラに応える。

そこで彼らのテンションが下がらないうちにと、タクマは早速家族たちに集まってもらった。そして揃ったところで、キーラが話し始める。

「僕から大事な話があるんだ」

全員が静かに話に耳を傾ける中、キーラは衝撃的な発言をする。

「これからみんなには、人族で最強レベルの魔導士《まどうし》になってもらいます」

「「「…………」」」

そのあまりにも唐突な言葉に、家族の中の大人たちは言葉を失う。

一方で、子供たちはあまり理解していない。ただ、魔法が使えるようになることは理解できたらしくで、目を輝かせている。

家族たちが沈黙している中、タクマの仲間のファリンがおずおずとキーラに確認する。

「あ、あのキーラ？　今、『人族で最強レベルの魔導士になってもらう』って聞こえたんだけど……」

「うん。確かにそう言ったよ。まあ、正しくは『人族最強レベルの魔導士になれる器になってもらう』だけどね」

キーラは平然と言い、更に話を続ける。

「これからみんなには、最強レベルまで魔力の器——つまり、魔法を扱う力を覚醒させてもらおうと思ってるんだ。たぶん気が付いてないと思うんだけど、ここのみんなって魔法の適性がすごく高いんだよ？　それが先天的なものなのか、後天的なものなのかは分からないけど、素質は僕たち魔族に匹敵するくらいだと思う」

「ええっ!?」

「いや、魔力の適性なんて初めて言われたぞ？」

「ええ。むしろ、魔法を使うなんて考えたこともなかったわ……」

家族の大人たちがざわつき始めた。彼らの大半は、魔法やスキルに縁のない人生を送ってきたのだ。

キーラは大人たちの反応を見て、自分の推測を口にした。

「なるほど……みんなの適性が上がっている一番の理由は、おそらくタクマさんにあるんだね」

「俺!?」

タクマはいきなり話を振られてギョッとする。

しかしキーラはお構いなしで続ける。

「そう。タクマさんは最近まで魔力の制御が甘かった。無尽蔵《むじんぞう》に垂れ流していた魔力が少しずつみんなに吸収されたことで、家族の魔力の適性が上がったんじゃないかな」

「な、なるほど……」

タクマが呟くと、他の大人たちも納得がいった様子で、キーラの話に聞き入る。

「僕たちはここに来たばかりだけど、それでもここを守っていきたいと思ってる。みんなも同じでしょ？　だから、守るための力を扱えるように手助けしたいんだ」

この湖畔は聖域化したトーランの中にあるのに加え、神や火竜や精霊王や守護獣たちが控えているので、これ以上守りを固める必要はまったくない。

だがタクマの家族たちは、与えられる平穏をただただ享受していたわけではなかった。弱いなりに、どうしたら家族の役に立てるかいつも考えながら動いている。

いつも守ってくれているタクマの負担を軽くできる機会が自分たちに訪れたと知り、大人たちは口々に言う。

「私……自分にも素質があるのなら、できることをしたい」

「俺もだ。俺だってこの生活を守りたい」

「ええ、そのために強くなりたいわ」

大人たちの熱気に影響されたのか、子供たちも一生懸命に主張する。

「ぼくだっておとうさんとおかあさん、おじちゃんにおばちゃんをまもるんだ！」

「わたしだっておてつだいできるもん」

キーラはそんな光景を見て、改めてタクマの家族たちの絆の深さを感じた。

「うん、みんな同じ気持ちなんだね。だったら僕たちも協力は惜しまない。僕たちのすべてをみんなに伝えるよ！　ここは多くの種族や文化が入り交じる理想郷……だからこそ、もしそれを融合させられたら、きっとすごいことができるだろうしね！」

キーラは張り切った様子で、本題である秘術の説明を始める。

「よし、じゃあ早速やっていこう！　そんな難しいことはないし、あっという間に終わっちゃうよ！　今からやる魔族に伝わる秘術……その名も『器合わせ』！　魔力を扱う器を覚醒させて、魔法を自由に使えるようにするんだ」

それからキーラは、器合わせの具体的な内容を説明する。

その方法は実に簡単で、キーラたち魔族が、家族たち一人ひとりの器を覚醒させていくというものだった。要は魔力に精通した者が、そうでない者の魔力を扱う器を刺激する。更に魔力を強制的に動かすことでその魔力の動きを認識させ、魔力操作を覚えさせるということらしい。そしてこの器合わせを行えば、修練を積まなくても、魔法を自由に扱うことが可能になる。

「器合わせが終われば、子供たちが身に着けている魔力を制限する魔道具は必要なくなるよ！」

キーラは最後にそう付け加えた。

家族の中でも、魔力の素質の高い子供たちは、その魔力が暴走しないように制御する魔道具を装備している。しかしこの魔道具は、子供たちの魔力の成長を阻害《そがい》してしまうとキーラは言う。

「じゃあ、まずは大人組から始めようか！　みんな順番にやっていくからよろしくね！」

そう言うと魔族一人と大人一人がペアになり、器合わせが始まる。

「よ、よろしくね……だ、大丈夫よね？」

キーラが最初に担当するのはファリンだった。

緊張と不安があるので、ファリンは少し顔色が悪い。

「大丈夫！　痛くもかゆくもないから。魔力を操作する時だけ気合を入れて立っていてくれたら平気だよ」

「あ、あったかい……」

キーラはファリンの手を優しく握ると、ゆっくりと自分の魔力を流す。

初めて魔力を流されたファリンは、手から流れ込んでくる魔力の心地良さに表情を和らげる。

「ゆっくり魔力を流されるのって気持ちいいよね～。このまま器を覚醒させるから、リラックスしてね」

キーラはファリンを緊張させないように気遣いながら、自分の魔力をファリンの器のある心臓へ向かわせていく。

(やっぱり……タクマさんの影響で魔力を扱う器がすごく大きくなってる。これならすぐに覚醒もできる)

キーラはゆっくりと器を刺激し、覚醒を促していった。すると、ファリンの魔力が大きく脈打つのを感じる。

「えっ、何これ!?」

その瞬間、ファリンも大きな変化を感じた。器が覚醒したことで魔力が体中を巡り、体が沸騰《ふっとう》したような感覚に陥《おちい》る。

(来た！　ここでこの魔力をうまく体に行き渡らせて循環《じゅんかん》させる！)

キーラはファリンの魔力を制御しつつ、彼女が怖がらないよう優しく声を掛け続ける。

「この制御がちょっと嫌な感覚でしょ？　少しだけ我慢してね」

ファリンの魔力は次第に、自然にその体内を巡り始めた。そしてキーラの魔力がなくても巡り続ける状態になったところで、キーラは自分の魔力を流すのをやめた。

「これで器合わせは完了。あとはちょっとした確認だけさせてね。今から私がやるように魔法を使ってみて」

そう言うとキーラは周りと距離が取れているのを確かめてから、ファリンに分かりやすいように実演する。

「いい？　まずは右手の人差し指に火種を思い浮かべる。こんな感じに」

キーラはそう言って人差し指を立て、小さな火を出した。

「自分の流れる魔力をちょっとだけ練って、指の先に浮かべるイメージで。そして練った魔力に火が灯《とも》るって考えると……」

ファリンがキーラの言う通りにすると、ファリンの人差し指にも小さな火が灯った。

「すごい！　初めて魔法を使えちゃった！」

「ここで気を抜かないでね。次はこの小さな火に魔力を少しずつ注いで、三十cm《センチメートル》くらいの火柱をイメージするんだ……」

キーラの指示に従って、ファリンは火種を火柱に変える。

キーラはそれを見て、満足げに頷く。

「うん、できてる。制御も問題ないね。気分は？　体調が悪いとかない？」

「全然平気。すごい、こんなに簡単に魔法が使えるなんて……」

「あはは！　気に入ってくれてよかった！　でもみんなの器合わせが終わるまで、魔法を使うのは待っててね」

キーラは感動しているファリンにそう伝えると、今度は、別の家族に器合わせを行っていく。

こうして魔族たちによる器合わせは順調に進み、今まで魔法を使えなかった大人全員が魔法を使えるようになった。

ただ、まだ自分の変化についていけていない者も多いので、キーラはタクマに許可を取り、実際に魔法を使って慣れてもらうことにする。

こうして数人の魔族に加え、ヴァイスたち守護獣が大人たちを引率し、湖畔の森で魔法の練習が始まる。ちなみに森のモンスターはヴァイスたちの配下なので、モンスターを傷付けたり、魔法で戦闘したりといったことはしない。あくまで体を魔法に慣れさせる練習である。

練習に向かっていく大人たちを見送ったキーラは、次は子供たちの器合わせに移ろうと振り向いた。

「さあ、お待たせしたね！　次は君たちの番……って!?」

すると振り返ったキーラの目の前には、綺麗に整列して順番を待つ子供たちの姿があった。

「おねえちゃん！　つぎはぼくたちでしょ!?」

「はやく、はやく！」

目をキラキラ輝かせてそわそわしている子供たちを見て、キーラは思わず笑ってしまう。

「待たせてごめんね。じゃあ、今から始めるけど、その前に……みんなが身に着けている魔道具を外して、タクマさんに渡してね」

キーラは子供たちにそう指示をした。魔力を制限した状態で器合わせはできないのだ。

「「「はーい！」」」

子供たちは素直に魔道具を外し、タクマに預かってもらう。

「おねえちゃん、これでいいの？」

「うん、大丈夫だよ！　魔道具があると、魔力を扱う器の覚醒がうまくいかないからね」

キーラはそう伝えながら、早速一人目の子供の器合わせを始める。

「うん、やっぱり。想像通り、素質はあり余るくらいだね！　この子たちが無意識下で魔法を使っちゃうから、魔道具で制限していたの？」

キーラは側で見ているタクマにそう確認した。

「器合わせって、そこまで分かるのか」

タクマはキーラの的確な指摘に驚きつつ、問いかけに答える。

「キーラの言う通りだ。この子たちは無意識下で身体強化魔法を使いまくっていたから、ちょっと危ないと思って制限をかけたんだ。それにユキみたいに魔力が暴走し、意図せず魔法が発動してしまう可能性もゼロじゃないと思ってな」

「なるほどね～。確かにそれは心配だね……」

キーラはタクマの考えに理解を示しつつも、子供たちのことを考えて説明する。

「たぶん、魔力を制限した状態で先に制御する能力を身につけてもらおうとしたんだよね？　でも制限された魔力の制御を覚えても、あまり意味がないんだ。制限したくなる気持ちはわかるんだけど、それだとこの子たちの成長も阻害しちゃう。自分が本来持っている、大きな魔力量での操作を覚えないと」

「そうだったのか……子供たちは大丈夫かな？」

少し心配そうなタクマにキーラは胸を張って言う。

「僕たちが来たからには大丈夫だよ！　この子たちは制限なしで、とことん自分の魔法の可能性を追求できるようになるから！　そのための器合わせだからね」

そして先頭に並んでいる子の前にしゃがむ。

「大人のみんながやっているのを見ていたから分かるよね？　気楽にリラックスだよ」

キーラはそう伝えながら、子供の手を取って魔力を流し始める。大人たちの時よりもゆっくりと、そして慎重に魔力を送る。

「ふあ〜、ほわほわする〜」

「気持ちいいよねー。私の魔力が体内に入ったのは分かるね？」

「うん！」

「じゃあ、今から魔力の器にアクセスするから。そこから私の魔力がどう動くか、しっかり流れを感じてね」

まだ成長過程で先入観がないためか、子供たちは器合わせに対する適応能力が高かった。

すぐにキーラの魔力を感じ、魔力を扱う器から流れる魔力の動きを把握していく。

「体の中に、魔力の流れを感じる？」

「うん‼　なんかぐるぐる～ってしてるの」

そこでキーラは魔力を流すのをやめ、子供の様子を観察しながら伝える。

「君たちは身体強化魔法をよく使うみたいだから、力加減の仕方を教えるね。身体能力は魔力を体表に出すんじゃなく、筋肉や骨に染み込ませるようなイメージで使うんだ。たぶん今までは、常に体表に出してたから心配されたんじゃないかな？　力加減も強すぎたんだと思うよ」

「そうなの～？」

「うん、でも今教えた通りにやれば、すぐ直せるからね！」

キーラは努めて分かりやすく、子供たちに魔力の扱い方を話していった。

他の魔族たちもキーラのように、優しく子供たちに教えていた。

こうして次々に子供たちの器合わせが終わっていく。

「おとうさん、おわったー」

器合わせを終えた子供たちは、真っ先にタクマに駆け寄って報告する。

「お疲れ様。どうだった？」

タクマが感想を聞くと、子供たちは一斉に話し始める。

「あのね！　まりょくがうごかせるようになったの！」

「ほんとうはほわわーってつかわないといけないのに、ぼくたちはぐわ！　ってつかってたの」

「でもじぶんのおもうとおり、ほわわーってつかったりぐわってつかったりができると、まほうがじょうずになるんだって！」

抽象的な説明ではあるが、子供たちなりに魔力への対応能力が深められた様子だ。頭で理解するというよりは、体で覚えたのだろうとタクマは感じた。

そのうちに、子供組全員の器合わせが終わった。

「ふう、これで家族全員の器合わせが終わったね！　あとは、この子たちに身体強化魔法の実技訓練をしてもらったら完璧だと思う」

キーラは額《ひたい》に汗を浮かべながらも、満足そうに言った。

「ありがとうな、キーラ。こんなに一度にやって大変だっただろ？」

タクマは頭を下げて感謝した。

「いいの、いいの！　僕たちがやりたくてやったんだから！　それよりも、子供組の仕上げが先だよ！」

キーラはそうタクマに言った後、子供たちの方を向いて声を掛ける。

「みんな～、準備運動したら、僕たちと本気の鬼ごっこをしよう！」

「「「おにごっこ⁉」」」

子供たちはキーラの言葉を繰り返して、目を輝かせた。新しく湖畔にやって来たお兄さんや、お姉さんたちが本気で遊んでくれるのだと、ワクワクが抑えられない。

テンションの上がった子供たちは、すぐに準備体操を始めた。

「さあみんな！　準備はいいみたいだから、これから鬼ごっこをやっていくよ？　鬼は僕がやるからね。遊ぶ前に、しっかり話を聞いてねー」

「「「はーい!!」」」

「うんうん。元気でいいね！　これから魔法を使いながら鬼ごっこをして、魔力の扱いを体で覚えてほしいんだ」

キーラは子供たちに対し、分かりやすく遊びの目的を説明していく。

「遊びながら身体強化魔法の強弱のつけ方や、魔法の行使に必要な分だけの魔力を出せるように練習してみよう！　使い方を間違えると、魔力はすぐにカラになっちゃう。だから出力をコントロールして、出すべき時は出す、抑えるべき時は抑えるという意識も大事なんだよ」

「そうなんだあ……しらなかったね」

「おしえてくれてありがとう、キーラおねえちゃん！」

子供たちは飲み込みがよく、すぐに魔法の実践で注意すべきことを理解していく。

「よし、じゃあまずは鬼ごっこの前に、少し練習をしてみようか」

キーラはそう言いながら、まずは自分に身体強化の魔法を掛けた。

「最初から魔力を強く流してはダメだよ。こうやってちょっとずつ段階を上げていくんだ……って、あれ……？」

そう説明しつつ、キーラは子供たちの様子を見て驚く。

「ね、ねえ？　あの子たちいきなり身体強化成功させてない？」

仲間の魔族に尋ねると、彼らも驚いた様子で頷く。

「ああ、できているな……しかも、強弱をつけるタイミングも問題ない」

「まさか、見ただけでできるとは思わなかったな……」

動揺しているキーラたちに、側で見守っていたタクマが話しかける。

「キーラ、ちょっといいか？」

「ん？　ああ、タクマさん。あ、あはは……あの子たちすごいねぇ。いきなり魔力を上手に調整できるなんて思わなかったよ。素質の高い子たちっていうのは理解してたんだけどさ」

びっくりした様子で話すキーラに、タクマは苦笑いを浮かべる。

「まあ、あの子たちは普通の子供と考えない方がいいかもな」

「え？　どういうこと？」

キーラは年相応にはしゃいでいる子供たちの様子を見ながらキョトンとする。

「いや、子供たちの性格や立ち居振る舞いはごく普通だと思うんだけどさ。ここにはその……普通じゃない存在がゴロゴロしているだろ？　神とか守護獣とか精霊とかモンスターとかさ。普段からそういう規格外の存在の能力に触れているから、想像以上にいろんなことを学んでいる。そしてああやってすぐにモノにしてしまうんだよ」

　タクマの説明を聞き、キーラたち魔族は納得した。

「なるほどね……」

「確かに、ここは神の座す地だもんな……」

「子供たちの能力も高くなるはずよね……」

　魔族がタクマの子供たちが特殊であると理解したところで、タクマが提案する。

「そうなんだよ。だから、鬼ごっこの相手はこっちに任せてもらっていいか？　たぶん、うちの子たちだと、魔族が相手では鬼ごっこが成立しないかもなんだ」

「そんなに!?　けど、僕たちじゃ力不足っていうのは理解できたよ。それに僕らの目的は、子供たちが魔法をうまく使えるようになること。それが達成されるなら、手段にこだわりはないよ！」

　あっさりとそう言ってくれたキーラに感謝しつつ、タクマは近くにいたリンドに鬼ごっこの相手を任せることにする。

「リンド、話は聞こえてたよな。というわけで、子供たちの相手をしてやってくれるか？」

「構わないわよ。私もあの子たちと遊ぶのは好きだしね」

　リンドは乗り気な様子で、快く引き受けてくれた。

「な、何これ……」

しばらくして子供たちとリンドの鬼ごっこが始まり、キーラはその光景に唖然としてしまった。

子供たち全員が鬼役になり、すさまじい速度でリンドを追っている。その速さは、キーラたちの目でも追うのがやっとなレベルだ。

子供たちには、魔法は弱めに掛けた状態からスタートし、徐々にパワーアップさせていくようにと伝えていた。そういった微妙な調整が使いこなせるようになるには、数年ほど掛かるのが一般的だ。

なのに子供たちは、もう身体強化魔法を自分のものにし、魔法によって上昇させている身体能力は魔族以上、という状態になっていた。

「ありえない……覚醒したばかりなのに身体強化を使いこなしてる」

「なんで始めて数分で、こんなことになるの……?」

子供たちの様子を眺めながら、他の魔族たちもキーラと同じように驚いている。

先ほどまではリンドが鬼役をやっていたが、その他の魔力操作などの助言は魔族たちが行っていた。

しかしリンドは放心状態の魔族たちを見て、ここからは自分主体で鬼ごっこ兼訓練を進めた方がよさそうだと判断した。

「ほらほらみんな、まだ魔力の強化が足りないわよ。そんなんじゃ私を捕まえるのは難しいわ。もっと頑張って」

リンドはそんな風に子供たちに声を掛け、楽しい遊びの要素は残しつつ、適度に身体強化魔法の訓練を織り込んでいく。

子供たちはいつまで経ってもリンドを捕まえられない。だが悔《くや》しさより、なんの制限もなく動ける爽快感《そうかいかん》の方が勝っていた。だから息は上がっていても、まだまだやる気は失っていない。

そんな子供たちにリンドは優しく話しかける。

「みんな、ちょっと一休みしましょうか」

子供たちはリンドに促され、彼女の周りに座った。

「みんな、頑張っているわね。さっきの鬼ごっこで分かったことはある？」

リンドの質問に、子供たちは元気よく答える。

「うん！　キーラおねえちゃんがひろげてくれたぼくたちのちからのあつかいをおぼえた！」

「ちからをたくさんつかったり、ちょっとだけにしたり、じゆうにできるようになった！」

リンドはそれを聞き、にっこりと笑って頷く。

「そうね、みんなとっても上手にできるようになったわ。だから、もう一つ頑張ってほしいことがあるの。みんなは制御が完璧すぎるせいで、余力を残したまま私を捕まえようとしてないかしら？」

「うん、まりょくがからにならないようにしてたの」

「いままでぐわっ！　ってちからをつかいすぎてしんぱいされてたし……」

子供たちの言葉に耳を傾けながら、リンドは優しく説明する。

「ふふふ。でも私が相手なら遠慮はいらないわ。みんなは制御をしっかり身につけている。だけど制御し続けたままでは、自分の魔力の限界がどこにあるか分からないでしょ？　だから今度は力を出しきって、私を捕まえてごらんなさい。できるかしら？」

リンドはあくまで鬼ごっこの遊びの要素を残したまま、子供たちが学びの機会を得られるようにそう提案する。

すると子供たちは目をキラキラさせ、楽しそうにリンドに言う。

「うん！　できるよ！」

「もういっかいちょうせんする！」

「こんどはぜったいつかまえる！」

やる気満々な子供たちの声を聞き、リンドは嬉しそうに笑う。

「そうね。じゃあ、休憩は終わりにして再開しましょうか」

「「「うん！」」」

こうして再度、鬼ごっこがスタートした。

子供たちは魔力の消耗を考えずに全力でリンドを追いかける。

リンドはそんな子供たち一人ひとりの様子に注意し、子供たちが己の限界を知ることもできるが、体に過度な負担がかかりすぎることもない、ギリギリのラインを見極めながら逃げ続ける。

鬼ごっこはなかなかハードなものとなり、子供たちは次々に脱落していく。

「はあはあ……もうだめー！」

「でも、たのしかった……」

全力を出しきった子供たちはそう言いながら、満足げな顔で草の上に寝そべった。

そしてまだ体力の残っている子供たちは、引き続きリンドを追いかけ続けるのだった。

◇　◇　◇

同じ頃。

湖畔の森の中ではキーラの右腕の魔族・ディオを筆頭に、魔族数人が大人たちの訓練を行っていた。

ディオは訓練のために、大人たちを二つのグループに分ける。

一つのグループは夕夏やアークス、元暗部のカイルやカリオなどのある程度魔法に精通している者たち。もう一つのグループは、ファリンたちのような今まで魔法に縁のなかった者たち。

そしてディオは、不慣れなグループへの訓練を始める。精通した者たちは、ディオ以外の魔族が別の場所で訓練することとなった。

「まずは基礎から始めよう」

そう言って、ディオは早速ファリンたちに説明を始める。

「おそらく器合わせをした時、自分の体に力が溢れるような感覚があったと思う。それはあなたたちに、魔力を扱う素養が生まれたことを意味する。だが魔法を使いこなすには、まず自らの魔力を自由に扱えるようになる必要がある。そのために、魔力を自分だけの力で知覚することを第一目標としよう」

ファリンはディオの指示に従い、自分の中にあるはずの魔力の源《みなもと》を探した。だが器合わせで魔族たちのサポートがあった時とは違い、自分だけで探してみるとまったく知覚できなかった。

自分の体内のことなのに、魔力がどこから生まれ、どう流れるかが分からない。何度試しても失敗してしまう。

「……なんで？」

ポカンとするファリンに、ディオは苦笑しながら言う。

「溢れて体外に出た魔力は肌で感じやすい。だが体内の魔力は、意識を集中しないと分からないんだ」

「そうなのね……私が簡単に魔法を使えてたのは、あくまでキーラのサポートのおかげだったのか」

「もともと魔法の素養なんてゼロなんだもの、そううまくいかないわよね」

ファリンたちがそう言ってガッカリするのを見て、すかさずディオが励ます。

「気にすることはない。今やってもらった魔力感知、その先のステップである魔力操作をマスターするには、本来かなり時間が掛かるからな。しかし魔法というのは、体内の魔力を感知し、操作し、発現させることで、初めて行使したといえる。だから魔力感知、魔力操作という基礎を学ぶことが重要なんだ」

ファリンたちは真面目な顔でディオの話を聞いている。だが相変わらずしょんぼりした顔のまだ。

「でも、……それだといつになったらタクマさんを手助けできるようになるか分からないわね」

「…………」

ディオは無言でファリンたちの様子を見つめる。そしてしばらく考えてからあることを提案した。

「実は、魔力感知と操作の習得には近道がある。ただし、少し体に負担はかかるがな。みんなはどうしたい？　負担はかかるがタクマさんのために習得を急ぐか、それともじっくり身につけるか」

ディオの問いかけに、ファリン以外の大人たちは即答する。

「決まってるわ。多少のリスクがあってもいいから、早く身につけられる方法を教えて！」

「今まで素人同然だった私たちがタクマさんの助けになるためだもの。大変なのは覚悟してるわ」

そして最後に、ファリンがディオに言う。

「もちろん、私も同じ気持ちよ。ディオ、教えてちょうだい。その方法を」

「そうか……そこまでの決意なら教えよう」

ディオは大人たちの覚悟に感銘を受けつつ、これから行うことを説明した。

それは次のようなものだった。

全員が手を繋いで輪になり、ディオが起点となって輪になった全員に魔力を流す。するとディオの魔力は輪を一周し、またディオのところに戻ってくる。

その時点で魔力感知ができていない者がいる場合は、ディオが魔力量を増やし、できている者も同じように、輪になった者たちに魔力を流す。そうして一周するごとに輪の中に流れる魔力の総量を増やしていき、全員が魔力を感知できるようになるまで続ける。

「だが一対一で行う通常の器合わせと違い、他者の魔力が大量に体内に入ることになる。この刺激によって魔力の知覚が容易になるが、同時に体への負担も大きいんだ」

ディオの話を聞き、ファリンたちは緊張した面持ちになる。だが全員、決意が揺らぐことはなく、覚悟を持ってその方法に挑むことにする。

こうしてファリンたちとディオは全員で手を繋ぎ、立ったままの姿勢で輪を作る。

「本当に限界だと思ったらすぐに言ってくれ。じゃあ、始めよう」

ディオはそう言って、早速魔力を流し始めた。

だが一周、二周と魔力が巡ると、ファリンたちの顔色が徐々に変わり始める。魔力が巡るたびに、気分が悪くなっていくのだ。

「気持ち悪い……」

「ううう……無理かも……」

弱音を吐く仲間たちを、ファリンが叱咤《しった》する。

「負担は覚悟の上だったでしょ？　みんなで頑張りましょう！」

ファリンに続き、ディオもみんなに助言を与えて励ます。


しばらくして、魔力が十周ほどした頃。

「わ、分かる……」

「これ、魔力の流れなのね！」

ファリンをはじめとした数人が、唐突に自分の魔力を知覚する。

自身の体内の中心から末端へと魔力が流れ、そしてもとの場所に戻ってくるという循環が手に取るように理解できるようになっていった。

こうして周回を続けているうちに、ついに全員が魔力の感知に成功した。更には自分の魔力を操作し、上乗せするという次のステップも全員が成功する。

「よし……終わりだ」

ディオはそう言うと、巡っていた魔力を素早く回収し、空中に拡散させた。

「「「はあ……」」」

負荷がなくなった途端、ファリンたちはその場に座り込んだ。服は汗で濡れ、気分の悪さのあまり吐いてしまう者までいた。だがその表情は、達成感に満ち溢れている。

（習得が早いな……規格外なのは主にタクマさんであって、他は普通だと思っていたが……）

通常はこの方法でも数日掛かることがほとんどで、ディオにしてみればファリンたちがここまで短時間で習得できるとは思ってもみなかったのだ。

「……みんな、負担がある中で、よく頑張ったな」

「ええ、タクマさんのためですもの！」

労いの言葉を掛けたディオに、ファリンは顔を青くしながらも、笑顔で力強く応えたのだった。

◇◇◇

同じ頃、大人組の中で魔法の心得のあるカイルたちは、近くの別の場所で訓練をしていた。

「皆さんは、すでに全員が自分の魔力を感知できているようですね？」

魔族の一人に尋ねられて、カイルが答える。

「ああ。感知はできているな。だが覚醒後の魔力を扱う器は、感覚としてはグラスからピッチャーに変わったみたいなものだ。慣れるのに骨が折れそうだな」

「使い慣れたアイテムであるほど、買い換えた時などに違和感が大きいものです。それと同じで、魔法に慣れ親しんでいた人ほど、器合わせ後に違和感があるのです」

魔族がカイルたちの感覚について、そう説明した。

「なるほどな……できれば早めに解決したいもんだが……」

カイルたちが困っていると、魔族があることを思いつく。

「そうだ、違和感を減らす方法を試してみましょう」

魔族がカイルたちに提案したのは、次のような内容だった。

まずは体内に巡っている魔力の量を増やしていき、いったん体表まで溢れさせる。そこで魔力の総量を確認した後、今度は魔力操作で体表の魔力を圧縮し、再び体内に戻す。詳しい理屈は不明だが、これを繰り返すことで、器に合わせて限界まで魔力の出力を大きくしても、違和感なく魔力感知や魔力操作ができるようになるのだという。

だが説明を終えた後、魔族は不安げな表情を浮かべていた。

「ん？　どうしたんだ？」

「提案したこの方法なのですが……かなり自分を追い込む必要があるのです」

「ああ。魔力の出力を限界まで上げていくなら、下手したら加減を間違って魔力切れで気絶ってこともあるだろうな」

カイルはリスクの内容をすぐに理解し、深刻な様子で考え込み始めた。

「どうしますか？　もしこの方法を避けたいなら、無理せずじっくり馴染んでいくのもありだと思いますが……」

心配そうに尋ねる魔族に、カイルはきっぱりと答える。

「いや、俺たちはこの方法で問題ない」

そしてカイルはすぐに他の元暗部たちに声を掛ける。

「よし！　始めるぞ！」

「「「おう!!」」」

カイルたちは自らを鼓舞《こぶ》するように声を上げ、行動を開始する。

「この方法で、何か掴んでくれるといいんですが……」

魔族はそう言って、カイルたちの様子を見守る。


そして、数分後。

「あ、ありえない……まさか、そんなことがあるのか……？」

様子を見守っていた魔族は、目の前の光景に唖然とした表情になる。

魔族たちの視線の先には、限界量の魔力を圧縮し、体内に留めることに成功したカイルたちの姿があった。

「……まさか人族がここまで素早く、器合わせによる魔力に順応するとは思いませんでした。器合わせというのは、魔力の扱いに慣れた者ほど時間が掛かるはずなので……」

魔族の一人が、驚きを隠せずにそう言った。

「んん？　そこまで驚くほどのことか？　やらなければならないという危機感の違いだと思うが

な……俺らはのんびりと体を慣らす余裕なんてないんだ……」

「な、なぜそこまで焦る必要があるんですか？」

魔族は、カイルたちの意識の高さに驚愕《きょうがく》して尋ねる。

「俺らはあの子たちの目標……乗り越えるべき壁にならないと駄目なんだ。だから力の順応に手こずるわけにはいかない。あの子たちはきっとすぐに慣れてしまうだろうからな」

「ええっ、子供たちが……ですか？　あなたたちよりすぐ慣れるなんて……」

ありえないと言いたげな魔族に、カイルたちが説明する。

「規格外ってのはいるもんでな、あの子たちは我々が歩みを止めればあっという間に追いつき、追い越していってしまう。俺たちだって、戦いとなればそれなりにやれる自信はあるんだよ。だがな？　天才ってのはいるんだ……教えたことをすぐに吸収し、強くなっていく存在ってのが……」

「しかも子供たちは全員が真面目で、努力も怠らない。だからあの子たちに追いつかれないように、隠れて自分を高めないといけないんだ」

「ああ。子供たちに守られる大人にはなりたくないしな」

「教える奴が自分より弱いなんてありえない。だから俺たちはあの子たちよりも強くなきゃ駄目なんだ」

つまりカイルたちは、自分たちが子供たちの目標であり続けるために、強さを追求していたのだ。

カイルたちはこれまでも、限界まで自分を追い込み、子供たちの壁となる存在であり続けた。そしてこれからもそうでなければならないという決意を持って、器合わせを受けたのだ。

魔族たちは、だからこそカイルたちが必死だったのだと理解した。そして周囲を見て自らのやるべきことを理解し、強い責任感を持って周囲を導こうとする姿勢に、感動のあまり目に涙を浮かべた。

そんな魔族たちの反応に気付かず、カイルは他の元暗部たちに向き合う。

「さて……全員力を自らのモノにできたし、次は実技訓練といこう。まずは武器なしで、身体強化のみの肉弾戦《にくだんせん》だ！」

「おう！　腕が鳴るぜ！」

カイルたちはそんな会話を交わし、目をギラつかせた荒々しい雰囲気へ変貌《へんぼう》する。

そして驚く魔族たちを放置したまま、いきなり模擬戦を開始するのだった。

◇　◇　◇

しばらく経った頃、子供たちとリンドの鬼ごっこを見守っているタクマのところに、夕夏が戻ってきた。

「夕夏、どうしたんだ？　カイルたちも一緒じゃないのか」

「私だけ先に帰ってきたのよ……脳筋《のうきん》な方法は私には合わないしね……」

夕夏はそう言って肩をすくめながら、先ほどの訓練の様子をタクマに説明した。

「そうだな、夕夏は肉弾戦タイプじゃないしな」

タクマはカイルたちがすぐに実践訓練に移ったと聞いて苦笑する。だがタクマにも、カイルたちの考えは理解できていた。

「けどまあ、カイルたちにもプライドってもんがあるんだろう。今までですら、子供たちに追いつかれそうで焦っていたんだ。器合わせによって、子供たちに更にすごい成長を遂げられてしまったら、師匠《ししょう》としてはやるせないだろうからな」

タクマはカイルたちが大人として当然すべき行動が取れていることを感じ、満足そうな表情を浮かべて頷く。

「ねえ、ところでタクマ……？」

その時、夕夏が急にタクマの袖《そで》を引いて尋ねた。

「その……あの方たちも一緒に鬼ごっこしてるけど、いいの？」

夕夏が言っているあの方とは、パミル王国の王子ショーン、王女マギーだ。

マギーの母であり第一王妃のスージー、ショーンの母であり第二王妃のトリスは、パミルのあまりの不甲斐なさに呆れ、マギーとショーンを連れて王城から家出し、タクマの家に滞在していた。

そしてマギーとショーンも、いつの間にかタクマの子供たちと一緒に器合わせをし、鬼ごっこにまで参加していたのだ。

「王族の皆さんって、本来守られるべき存在なんじゃ？　パミル様の許可も取らず、器合わせに参加させてよかったのかしら……」

心配そうに聞く夕夏に、タクマは事情を説明する。

「実は俺が声を掛けて、器合わせに参加してもらったんだ。パミル王国はこれから発展するにあたって、他国に狙われる可能性があるだろ？　でもパミル王国の騎士たちの実力は、まだまだ不足している状況だ。だから王族であろうと、自分の身は自分で守ろうって気概《きがい》は大事なんじゃないかと思ってな。ここなら教師は選び放題だし、力を得るには最高の環境だろ？」

そう言って笑うタクマを見て、夕夏もつられて笑顔になる。

「ふふふ……確かにそうね。それにショーンたちはもう私たちの家族同然ですもの。彼らが傷つくのは私も嫌だわ」

夕夏とそんな話をしている途中で、タクマはショーンとマギーがヘトヘトになっているのに気付いた。

「おっと、そろそろあの子たちは限界だな」

タクマはそう呟くと、ショーンとマギーの前まで行き、二人の頭を撫でる。

「よくここまで頑張ったな。お疲れさん」

「あ、タクマおじさん……」

「疲れたー……」

「二人ともすごいぞ。ここまでついていけるなんて思ってもなかった」

笑顔で褒めてくれるタクマに、二人も嬉しそうな笑顔で言う。

「はい。僕も自分があんなに動けるなんて思ってなかったです」

「私も楽しかったー！　あんなにいっぱい走ったことないもん！」

二人は忖度《そんたく》や特別扱いを受けることなく、他の子供たちとまったく同じ経験ができる充実感を心から味わっている様子だ。

ちなみにスージーとトリスには事前に、器合わせを行うことへの了解を取ってある。

タクマから器合わせのことを聞いたスージーとトリスは、ショーンたちが器合わせに臨《のぞ》む前に、彼らにこんなことを伝えていた。

「魔法を覚えても、決して勝手に使ってはいけませんよ」

「どうしても自分の身を守らなければいけない時に、最後の切り札として使うようにね」

「ええ。そうでなければ、私たちを守るために命を賭してくれる騎士たちの使命を奪うことになってしまいます」

ショーンたちは母親の言葉を胸に刻んだ上で、器合わせの儀式や訓練を受けていた。

ショーンとマギーはタクマに感謝を伝えつつ、自分たちの決意を話す。

「タクマさん、器合わせに参加させてくれてありがとうございます。僕はこの力を、本当に困った時にだけ使います」

「私もおんなじ！　魔法は騎士さんやお母様が守ってくれない時にしか使わないよ！」

タクマは二人の発言に驚く。もしも二人が魔法を学ぶ意味を理解せずに訓練に挑んでいるなら、釘を刺さなければと考えていた。しかし二人は、タクマが彼らを器合わせに参加させた意図をしっかりと汲み取ってくれていたのだ。

「二人とも偉いな。魔法を学ぶ意味まで自分で考えられているとは……二人が大きくなったら、パミル王国はますます安泰《あんたい》だな」

タクマはにっこりと笑うと、もう一度、二人の頭を優しく撫でたのだった。

13　タクマの思いつき

器合わせからしばらく経ったある日のこと。

タクマはプロックから遠話のカードで連絡を受け、王都の宿に呼び出されていた。

「一体どうしたんだ？　さっきの遠話だと、かなり深刻な様子だったが」

「おお、商会長……」

空間跳躍でやって来たタクマを見て、プロックがぐったりした様子で言う。若返ったにもかかわらず、再び老人に戻ったかのようだ。

宿にはブロック以外にも、エンガード夫妻が滞在していた。ちなみにエンガード夫妻――バート・エンガード、リアス・エンガードの二人は元商人で、今はタクマの学校などを手伝ってくれている。

「タクマさん、今回お呼びしたのは、パミル王国からタクマさん宛に、報酬についての書類が届いたからなのです」

バートがタクマにそう伝えながら、ぶ厚い書類の束《たば》を差し出す。

「ん？　俺への報酬？」

タクマは書類を見て首を捻った。

「確かに、俺が王国の防衛を手助けすることで防衛費が浮くから、その浮いた費用を報酬として支払うって話は以前一度出ていたが……結局ヴェルド様が結界を築いたから、俺は何も手助けしてない。なら、国からの報酬は不要だよな？」

タクマは怪訝な顔をしながら、更に続ける。

「というかそもそも、俺は報酬を求めてないんだよ。だから以前パミル様や貴族たちと協議した時に、『俺への報酬なんていらないから国中に無償の学校を作ってくれ』と提案したじゃないか。そしたら今まで教育制度の拡充に消極的だった貴族たちも意識を改めて、満場一致で力を入れていこうと決まっただろ？」

「そ、それはそうなのじゃが……とにかく、王国から報酬を払いたいという書類が来ているんじゃ」

ブロックが困りきった様子でそう説明すると、バートとリアスが持論を述べる。

「でもこれは、王国が正統にタクマさんの功績を評価したからだと思いますよ」

「ええ。私も同感だわ。王国側は教育改革に全額を回すと言っていたけど、やっぱりタクマさんに報酬を支払わないとまずいと考えたのよ」

「い、いや……でもかなり長時間話し合った末に、大盛り上がりで浮いた防衛費を全額教育に回すと言ったんだぞ……？　協議してしっかりと決定したことを覆《くつがえ》すようじゃ、なんのための話し合いだか分からないと思うんだが……」

呆れるタクマの話を聞いているのかいないのか、バートとリアスが続ける。

「ヴェルド様に愛されたタクマさんだからこそ、ヴェルド様が直々に結界を張り、国を守ってくれたんです。それをタクマさんの評価として計上しているに違いありません」

「そうね。タクマさんとヴェルド様の関係があってこその結界だもの。それがタクマさんの功績として評価されるのは当然だわ」

「い、いや……そういう考えにしたって、一度決めたことを無視してひっくり返すなんて……ノリと勢いだけのヴェルド様はともかく、国がやっていいことじゃないだろ」

納得できない様子のタクマを、ブロックがなだめる。

「まあそう言うな、商会長よ。パミル様にも考えがあるのかもしれん。商会長の家族は増えすぎてしもうた。それに商会が手にしている金も莫大なものじゃ……更には、どちらもまだまだ増えていくじゃろう。そこから考えられるのは……」

「つまりそれは、俺がそのうち支配者とか権力者みたいな立場を望むようになると考えてるってことか……？」

そう言ってますます首を捻るタクマに、ブロックが説明する。

「商会長が望むかどうかはともかくとして、国は商会長には支配者となる能力があると考えておるのじゃろう。そして、そんな力を持つ商会長に報酬を渡し、抱き込んでおきたいという意図もあるんじゃないのかのう？」

「いやいや、俺は穏やかに暮らしたいだけだし、面倒事には関わりたくないってパミル様には散々伝えてある。そういえば、俺が一度国の守護者に据えられそうになったこともあったな。その時パミル様は俺を気遣って『タクマ殿を政治や軍事の矢面《やおもて》に立たせないよう自分が頑張る』って切々と訴えてきたんだぞ……？　それなのに今更、国にとって都合がいいように抱き込みたいなんて発想になるのは、いくらなんでもおかしいだろ……パミル様は本当に何を考えてるんだ？」

タクマは深くため息を吐く。パミルが残念王と呼ばれる理由を噛みしめざるをえなかった。

「そ、それはじゃな……おそらくパミル様にも深い考えが……」

なんとかパミルをフォローしようとするブロックだが、途中で口ごもってしまった。

「ゴホン！　と、とにかくじゃな商会長、まずは内容を見てくれんか？」

ブロックは咳払《せきばら》いをして、そそくさとタクマに書類の確認を促す。

タクマは渋々書類を受け取り、一枚また一枚とページをめくっていった。

「これは……個人に与える報酬としてはやりすぎじゃないか……？」

書類に記載された報酬の金額は、途方もないものだった。個人どころか商会であっても、何代続いたら使いきれるか分からないほどだ。

「しかも、これは最初の年に渡す報酬だというのじゃ」

プロックがそう言って、タクマに書類をもう一通手渡した。そこには先ほどより、更に衝撃的な内容が記されていた。

「毎年、王国の防衛費の三分の一を報酬とするって……？」

さすがにタクマも驚き、しばらく書類を手にしたまま唖然としてしまう。

「こんな金額を渡されるのは怖いな。そもそもいらないって伝えてあるんだ……それに何回も言うが、浮いた防衛費は教育に回すとしっかり決めたんだからな。どんな理由があれ、金は受け取りたくないのが本音だ」

タクマは渋い表情を浮かべながら、プロックたちに問いかける。

「これって、断れたりするのか？」

「おそらく無理じゃろうな。これはあちら側が正当な金額として算出したものじゃろう。それを受け取らないというのは、王国も受け入れんはずじゃ」

「はあ……決定を覆した上に、拒否も駄目なんてな……」

プロックの答えを聞き、タクマは天を仰いでため息を吐いた。

「そうだよな……うーん……どうしたもんかな……」

タクマはその体勢のまま、ブツブツと呟いて考えを巡らせる。

「俺はただ、家族と穏やかに暮らしたいだけなんだよなぁ……だから面倒事は国に丸投げしたいのに……ん？　丸投げ？」

タクマは独り言の最中に何かを思いついた様子で体を起こす。

「……いや、さすがに受け入れてくれるか分からんな……だが……いけるような気がしないでもない」

「……商会長？　一体何を考えておるのじゃ？」

プロックが様子のおかしいタクマを見て、怪訝そうに声を掛けた。

だがタクマはプロックを無視し、更にブツブツと独り言を言い続ける。

「たぶんそうすれば初回以降の金銭については減額、またはチャラってことにもできるかもしれん。うん、言うだけならタダだし、言ってみることにしよう」

タクマはそこで言葉を切り、プロックたちの方を見てニヤリと笑う。

「よし、これで丸投げできそうだぞ！」

「「何を!?　誰に!?」」

タクマの意味不明な発言に、プロックたちは思わずツッコミを入れる。

しかしタクマは動揺するプロックたちの反応を無視して、アイテムボックスから便箋《びんせん》、封筒、ペンを取り出した。そしてペンを持ち、便箋に何かを書き始める。

プロックたちは、仕方なくタクマの様子を黙って眺めていた。

だが書き進められていく手紙の内容を読んで、思わず声を上げてしまう。

「しょ、商会長？　お主は何を書いているんじゃ……？」

「タクマさん、まさか……そんなことを望む気ですか!?」

「あらあら……私たちには想像もつかなかった内容ね」

タクマの書いている手紙は、プロックたち三人を驚かせるには十分すぎるものだった。

プロックは青い顔をして、タクマに問いかける。

「商会長の言いたいことは分かる。分かるんじゃが……これは王国にとっては大きな決断となるのは分かって……」

プロックはそこまで言って、途中で言葉を切る。タクマの顔を見て、自分がどんなに無茶なことを書いているのかは分かっていると感じたのだ。

「ふむ……承知の上といった様子じゃな」

やれやれと首を横に振るプロックに、タクマは真剣な顔で伝える。

「俺だって国を揺るがすような要求をしてるのは分かってるさ。だが、使いきれないような金を貰うくらいなら、こっちの方がよっぽど素晴らしい報酬になるんだ……それに、丸投げできるし……」

プロックはさっきからタクマが口走っている「丸投げ」という不穏なワードが再び聞こえたのを無視して、手紙についての意見を述べる。

「ま、まあ……あの金額を毎年払われても困るしのう。今後のことを考えれば、商会長の提案は妥当かもしれん……」

「私もそう思います」

「ええ、むしろその方がタクマさんにとっても……いえ、タクマさんの家族にとっても大きな財産となりますね」

エンガード夫妻もそう言って、プロックの言葉に同調した。

タクマは三人の反応を見て、満足げに頷く。

「だろ？　しかも俺が国政の表舞台に出るのも最小限になる。我ながら名案だな！」

タクマはそう言いながら自信満々に手紙を書き終えると、宛名書きをして封筒に入れた。

「これでよし。あ、だけど封をどうするか……さすがにセロハンテープは駄目だろうしな」

タクマが悩んでいると、傍らにいるプロックがあるものを取り出した。

「……ほれ、商会長。これを使うのじゃ。必要になると思って作らせておいてよかったわい」

「これは……指輪と蝋《ろう》？」

タクマは渡された道具の用途が分からず首を傾げた。

「商会長、これは封蝋《ふうろう》に使う指輪じゃよ。商会で使うつもりであつらえた。これを使って封をするんじゃ」

タクマが指輪をよく見ると、狼のマークが彫られていた。

「おおー、これはヴァイスか！」

「その通りじゃ。ちなみにこのマークは、商会の商標《しょうひょう》としても登録しておいたぞい」

得意げに言うプロックに、タクマは素直に感謝する。

「それは助かるな。ありがたく使わせてもらうよ」

タクマは早速蝋を溶かして封筒に垂らし、指輪を押しつけて封をした。

「これでよし、っと……あとはこれを城に届ければ、パミル様とお歴々《れきれき》が判断してくれるだろう」

完成した手紙を、プロックに差し出すタクマ。そして翌日やって来るという王城の使いに、手紙を渡してくれるよう伝えた。

◇　◇　◇

こうしてタクマは、プロックたちの滞在する王都の宿をあとにした。しかしそのまま湖畔には戻らず、空間跳躍でトーランのコラル邸へと向かう。

そして使用人にコラルへの面会を頼んで待機していると、しばらくしてコラルがラフな格好で応接室に現れた。

「こんな時間に珍しいな、タクマ殿。話したいとのことだが、今度は何をやらかすつもりだ？」

「あははは……そんな構えなくても大丈夫ですよ、コラル様」

タクマはそう言いながら、アイテムボックスからウイスキーを取り出す。そして一緒に出した二つのグラスに、それぞれ酒を注いだ。

「実は今日、プロックのところに城からの使いが来て、俺への報酬に関する書類を渡されたんです」

「ん？　タクマ殿への報酬は、全額教育費に回すと決まっただろう？」

「ま、まあ……それは置いておいてですね……」

自分がツッコミを入れた内容の繰り返しになりそうなので、タクマは慌てて話を遮る。それからプロックと会話した内容を簡単に説明し、預かっておいた城からの書類を取り出した。

「この書類の内容について、コラル様からも意見を聞きたいんです」

コラルはグラスに口をつけながら、受け取った書類に目を通し始めた。

「ふむ……これを見る限り、タクマ殿が報酬を望んでいるかどうかはともかくとして、君の価値を正当に評価した金額だと思うぞ。パミル様がタクマ殿を、最重要人物として尊重しているのが感じられる……で、これがどうかしたのか？」

不思議そうなコラルの反応に、苦笑いを浮かべるタクマ。彼は自分の考えを、コラルに伝えていく。

「コラル様がそう言うのなら、これは正当な金額なのかもしれませんね……だけど俺にとっては過ぎた金額だし、そもそも報酬自体が不要なものです。王国の顔を立てて初回の報酬は受け取るとしても、それ以降に関しては心底いらないですね。そんなに金があっても使いきれないし。だからパミル様宛に手紙を書いたんです」

「それは……一体どんな手紙なんだ」

コラルは嫌な予感がして、思わずタクマに尋ねる。

するとタクマは、手紙に書いたとんでもない内容を告げてきた。

「現在俺たちの住んでいる湖畔の集落を広げ、トーランに繋げたい。そして繋がったトーランを、コラル様をトップとしたまま、完全にパミル王国から独立させてほしいと書きました」

「……は？」

タクマの話を聞いても、コラルは理解が追いつかない。そんなコラルの様子にはお構いなしで、タクマは続ける。

「トーランは俺たちにとって大事な場所なんです。ダンジョンコアや聖域といったイレギュラーを受け入れているトーランなら、魔族たちを家族に迎えた現在の俺たちを受け入れてくれる土壌が整っていると思いました……」

「た、確かに……我々は先日会議で、トーランでは魔族たちにも……いや、どんな種族に対しても、差別なく接しようと決めたところだ」

「やはりコラル様は、そういった方向でトーランの舵取《かじと》りを行っていてくれたんですね」

コラルの言葉に、満足そうに頷くタクマ。だがコラルはなかなかタクマの提案を受け止めることができなかった。

「……ふー」

コラルは酒をぐっと飲み干してから、深いため息を吐いた。

「私はてっきり、タクマ殿がトーランを治める決心をしたのだと思ったぞ。報酬代わりにと独立を要求するなら、トーランは君が治めるのが道理だろう」

戸惑いを隠せないコラルに、タクマはあっさりと言う。

「いえ、俺はトーランを支配したいわけではないですから。トーランには、あくまで俺たち家族の受け皿であってほしいんです。そしてトーランには……いや、違うな。俺には、そして俺たち家族には、コラル様が必要なんですよ」

タクマの言葉を聞いて、コラルは動揺以上に喜びを覚える。

（私は……ここまでタクマ殿に必要とされているのか……パミル様に仕えている誇りは、誰にも負けていないつもりだ。だが……私はそれ以上に、タクマ殿がどこへ向かうのかも見たいと思っている。トーランが独立すれば、常識に縛られない新たな挑戦が可能になるに違いない……）

コラルはそう考え、自分の中にパミルへの忠誠心以上に、新しい経験への興味が沸々と湧いてくるのを感じた。

黙って考え込んでいるコラルを、タクマは静かに待つ。

しばらくすると腹を決めた様子のコラルが、ゆっくりと口を開く。

「そうだな……タクマ殿からそこまで必要だと言われては、私も新たな一歩を踏み出すしかないだろう。もしも君の希望が通ったら……私は王国から離れ、独立したトーランを治めることに全力を尽くすと約束する。これからの人生は、タクマ殿やその家族たちと共に歩もう」

コラルの決意の言葉を聞き、タクマは満面の笑みを浮かべ、頷きながら右手を差し出す。

「ありがとうございます。コラル様なら、そうおっしゃってくださると思っていました。さすが俺が兄貴と見込んだ方だ」

「ふっ……弟を支えるのは兄貴の仕事だからな。当然の流れかもしれんな」

コラルはタクマから差し出された右手を、しっかり握り返した。

「国からの決定はともかくとして、私は明日にでも部下たちを集めて独立の可能性について説明をしておこう」

コラルはタクマの希望が通るのを前提として、早速行動を起こす様子だ。

「決まってからでも遅くはないが、こうしたことは先に根回しした方がいいからな！」

声を弾《はず》ませるコラル。やる気に溢れたその態度に、タクマは自分が言い出しっぺながらドギマギしてしまう。

「えーっと……ずいぶんと楽しそうですね」

「ああ、楽しいな。もし独立すれば、今後は私が理想としている民のための政治を実行に移せるのだ。これが楽しくないわけがなかろう！　ああしたい、こうしたいといった考えが溢れてくる」

いつも眉間に皺を寄せているコラルが、遠足前の子供のようにウキウキしている。

それを見たタクマは、コラルがいきなりの独立の提案を心底楽しんでくれているのだと理解し、ようやく安堵した微笑みを浮かべた。


こうしてコラルが乗り気になったところで、タクマとコラルは酒を酌《く》み交わし、朝まで語り明かした。

「こんなに熱く語ったのは初めてだ。若返ったおかげでもあるが、まったく疲れを感じないな」

コラルは決意を秘めた晴れやかな表情をしている。一緒に飲んだタクマもまた、コラルと同じような顔をしていた。

「俺にとっても素晴らしい時間でしたよ、コラル様。ただいくら若返ったからといっても無理は駄目ですよ。それにまだ思い通りに事が運ぶとも限りませんし」

タクマの言葉を聞き、コラルは大きな声で笑いつつ断言する。

「いや、王国側は最終的にはタクマ殿の要求を飲むだろう。君は自分の影響を……いや価値をもう少し理解した方がいい。トーランは君のおかげで繁栄するきっかけを手に入れた。更には君がいるからこそ聖域になったのだ。これほどの人物の希望を王国側が尊重しないわけはない」

興奮しているせいか、もう独立は決定事項だと言わんばかりに、コラルは先走り気味だ。

タクマはそんなコラルを、なだめるように言う。

「ま、まあとにかく王国側の反応を待ちましょう。すべてはそこからですから」

「ああ。しかし、これから城は大混乱だろうな。君が帰ったら、私は少し眠るとしよう。きっとまた忙しくなるはずだ」

「楽しい時間でした。長い時間お邪魔しました。俺は湖畔に戻りますね」

タクマはコラルと握手を交わすと、空間跳躍で湖畔へ戻った。

一人残されたコラルは、自分の寝室に向かいながら呟く。

「ふふふ……これから大変な仕事が待っているというのに、私は憂鬱《ゆううつ》になるどころかワクワクしている。ああ……楽しみの中にある不安。いくつになろうとも、新たな挑戦というものはいいものだ」

今の状況を心から楽しんでいるコラルは、嬉しそうな顔のままベッドに入るのだった。

◇　◇　◇

同じ頃、パミル王国の王城では。

宰相《さいしょう》のノートンが、ブロックのところへ派遣した使者から、タクマの手紙を受け取っていた。

ノートンは手紙を手に、王の執務室へ急ぐ。

「パミル様、プロック殿のところから使者が戻りました」

「ん？　これは……タクマ殿からの手紙か？」

パミルはノートンから手紙を受け取り、首を捻った。

「てっきりプロックから返事が来るかと思っていたのだが……」

「それが……戻った使者の話によると、プロック殿、そしてエンガード夫妻は『王国の示した報酬は、タクマという人物の価値を正当に評価した妥当な金額だ』と述べたそうです。ですが、報酬を受け取ることはできないと……その理由がこの手紙に書いてあると推察します」

「なるほど……やはり我々の提案そのままの報酬は受け取らんか。そんな気はしていたのだ」

パミルは平然とした顔で言った。

「……はい？」

それを聞いて、ノートンの声のトーンが一気に低くなる。

「……パミル様はこうなることが予想できていたのですか？　分かっていたならなぜわざわざ我々に協議させ、報酬を決定したのですか？」

会議が無駄になったことを知り、苛《いら》つきを抑えきれない口調でノートンが尋ねる。

「それはだな……タクマ殿が受け取る、受け取らないにかかわらず、王国の考えている正当な報酬額——つまり、純粋なタクマ殿の価値を彼に知らせたかったのだよ。そして、それを知った彼がどう反応するのかを知りたかった。そして我の思惑《おもわく》通り、タクマ殿はこうして反応を返してきたというわけだ。この手紙にこそ、タクマ殿が本当に欲している内容が書いてあるだろう」

実はタクマが報酬を受け取らないことを見抜いていたパミルは、得意げに答えた。

しかしその言葉を聞き、ノートンは額に青筋を浮かべる。

「……パミル様、国王ともあろう者が、このような人を試すかのような行動を取るのは控えるべきでは？　タクマ殿の寛容さのおかげで何も起こりませんでしたが、相手によっては敵対するリスクを抱える行為です。そもそもタクマ殿は、再三『報酬は不要だ』と言っていたでしょう。それを無視して何回も渡そうとすること自体が無礼《ぶれい》だとは思わないのですか!?」

呆れと怒りが混ざった表情を浮かべるノートンを見て、パミルはまたも自分が非常識な行動をしてしまったと気付く。

いつも通りにやらかしたパミルに待っていたのは——説教だった。

執務室に、ノートンの厳しい言葉が響き渡る。

それは部屋の外まで聞こえており、ドアの横に立つ騎士が深いため息をついて呟く。

「普段はできる王様なんだがなぁ……なんでタクマ殿のこととなると残念な言動を取るんだろう……」


そして、二時間後。

説教を聞き終えたパミルはぐったりしながら、ようやくタクマの手紙の封を切った。しかし手紙を読み進めていくに従い、手は震え、顔色もどんどん悪くなっていく。手紙に書かれていた内容が、パミルの想像を絶するものだったからだ。

「………………」

すべて読み終わったパミルは、無言で天を仰ぐ。

「パミル様、どうされたのですか？　手紙にはなんと？」

おずおずと尋ねるノートンに、パミルは黙って手紙を差し出した。

「こ、これは……トーランの独立……!?　ということはつまり、パミル王国はトーランの土地、およびトーランの運営に関わる人材すべてを手放せということですか……!?」

手紙の内容は、パミルだけではなくノートンにも衝撃を与えた。だが他ならぬタクマからの報酬代わりの希望とあっては、無視するわけにもいかない。

◇　◇　◇

こうして数日後、王城では再び会議が始まった。

会議に参加している貴族たちは、率直に自分の考えを口にする。

「いくらタクマ殿であっても、トーランとそこの人材を手放せというのは、いささか高望みしすぎではないか？」

「そうか？　私は高望みとは思わん。これまでのタクマ殿の王国への尽力、そしてこれからももたらされるであろう恩恵を考えれば妥当だろう」

トーランの帰趨《きすう》が王国の行く末に関わると理解している貴族たちは、自分の意見をはっきりと口に出し、激しい議論が続いていく。

「よし、みんなの考えは分かった」

あらかた意見が出揃ったところで、パミルが口を開いた。

「だが我からも言わせてほしいことがある……考えるべきはタクマ殿が何を考えて、この要求に至ったかではないか？」

「真意とは？」

「一体どういうことです!?」

パミルの言葉が理解できず、貴族たちがざわつく。

パミルは貴族たちを制止し、更に言葉を続ける。

「我もこの手紙を見た瞬間は驚き、困惑もした。だがな、同時にこうも思ったのだ。タクマ殿は我らを巻き込まぬためにこんな要求をしたのではないか……とな。聖域をパミル王国の一部に組み込んでいれば、他国から不要な妬《ねた》みを受ける。そうすれば争いの火種となりかねない。だからこそ独立させることこそがパミル王国のためだと考えたのではないか？　つまりトーランの独立により、湖畔に暮らす彼の身内だけではなく、我々すらも守ろうとしたのではないか？」

「ま、まさか……」

「我々では、そんな深い考えには到底思い至りませんでした」

貴族たちはタクマの偉大さに驚愕し、言葉を失ってしまう。

大勢の人間が集まった広間は、静寂に包まれた。

静まり返る貴族たちに向かって、パミルが告げる。

「我は……タクマ殿の要求を飲もうと考えておる。もちろん、みんなの意見にもよるがな」

沈黙が続く中、ノートンが口火を切る。

「私も……賛成してもいいかと思います」

この言葉を皮切りに、貴族たちも揃って賛成を表明した。

貴族たちが賛成したことでほっと息を吐くパミルだったが、ノートンがその態度に苦言を呈《てい》す。

「賛成してもらって安心している場合ではないのですよ、パミル様。むしろこれからが本番なのです。トーランの独立について、早急に話し合いを進めなければ」

「そ、そうだな……確かにこれからが本番だな……」

またしても会議が始まると聞き、パミルの顔が一瞬青ざめる。

だがノートンに散々お説教され、残念王の汚名返上を誓ったパミルは、強い口調で言う。

「我々の全身全霊を持って事に当たるのだ！　それこそ寝食を忘れるほどにな！」

ノートンをはじめとした貴族たちも、パミルに応えるように大きく頷くのだった。

14　合同訓練

王国側の忙しさをよそに、タクマは家族たちとゆったりとした時間を過ごしていた。

器合わせをしてから家族には、新しい日課が追加された。それは魔法を使っての早朝訓練である。戦闘経験のある者たちは模擬戦をし、ない者は護身術を学んでいる。子供たちは、魔族やヴァイスたちを相手にした鬼ごっこで、体力や魔力の基礎作りをしている。

キーラに言わせるとタクマの家族たちはみんな、通常ではありえないほど器合わせへの適応が早いらしい。

器合わせをすれば、覚醒した力に慣れるのにとても時間が掛かる。だが、タクマたちの家族には
そういったところがないそうだ。

◇　◇　◇

同じ頃、トーランのコラル邸でも朝の修練が行われていた。

コラルの部下の兵たちが、激しい模擬戦を繰り返している。

彼らはトーランの独立の話をコラルから聞いてから、普段よりいっそう激しい訓練を行うようになっていた。

「うらあ！」

「甘い！」

コラルは鬼気《きき》迫る模擬戦を繰り返す兵たちの側に立ち、その様子をしっかり自分の目で確認していた。

「我ながらいい部下を持ったものだ」

自らの部下の頼もしさに満足そうな笑みを浮かべ、コラルは執務室へ戻っていくのだった。

◇　◇　◇

そして、タクマのトーラン独立の提案から一週間が経過した。

パミル王国からの反応はまだなく、タクマの家族たちは訓練に明け暮れていた。タクマと一緒にいるために、タクマの負担とならないよう強くなりたいという思いから、家族は必死なのだ。

タクマもそんな家族の思いを理解している。目的がしっかりしている家族たちなら、力をつけても、その力を悪用することはないと信じているので、口出しせずに訓練を見守っていた。

そんな日々がしばらく続いたある日のこと。タクマはコラルからトーランの屋敷に呼び出されていた。

「合同訓練？」

「ああ、タクマ殿のご家族との合同訓練を頼みたいのだ」

タクマにそう持ちかけたコラルの面持ちは真剣なものだった。

「……どういうことですか？　トーランはダンジョンコアやヴェルド様の結界に守られています。そんなに防衛強化を必要としないと思うんですが……」

「だが、部下たちは危機感を募《つの》らせているのだ。トーランは独立すれば、ただの都市ではなくなる。魔族を含めた様々な種族が平等に暮らせる地を目指すつもりだからな。しかも他国から狙われかねない聖域も抱えている。だからこそ、ここを守る兵は平凡では駄目だという思いを持っているのだ。今後のことを考えれば、今のままではいけない。強くなくてはならないとな」

タクマはコラルの兵たちの強い意志に感心しながらも、考え込んでしまった。

(コラル様と兵たちが望んでいるのは分かった。うーん、だがなぁ……)

以前ならば合同訓練にはなんの問題もない。だが今の家族たちは器合わせにより、かなり強化されている。そんな家族たちと訓練すれば、トーランの兵たちは自信喪失《そうしつ》してしまうだろう。

「……コラル様や兵たちの気持ちは分かりました。確かに兵たちの希望は理に叶っています。ですがこちらの事情で少し懸念があるのです」

タクマは悩んだ末に、器合わせを受けた家族たちの現在の実力をコラルに打ち明けた。

しかしコラルはそれを聞いても、なおタクマに頼んでくる。

「確かにそういう理由ならばタクマ殿が考え込む理由は分かる。あまりに実力がかけ離れていれば、訓練も逆効果かもしれん……だが、自慢をするわけではないが、あの者たちはその程度で自信喪失するようなヤワな連中ではない」

コラルと兵たちの強い決意を聞き、タクマは頷く。

「……分かりました。ではとりあえず最初は、うちの家族の訓練を見学しませんか？　いきなり合同で訓練するのはどうしても心配なんです。言葉で分かったつもりでも、実際見るのとではまったく違いますから」

「ふむ……では、タクマ殿の意見に従おう。どんな形であれ、提案を受けてくれてありがたい」

こうしてコラルは、自分の兵たちの中から隊長を務める者だけを連れ、湖畔へ向かうことにした。

◇　◇　◇

数日後、コラルと兵たちが湖畔を訪れた。

「……タクマ殿？　これはどういう状況だ？」

コラルとトーランの兵たちは、目の前で繰り広げられているタクマの家族たちの訓練風景に、顎《あご》が外れんばかりに驚いている。

「どう……とは？　ただの模擬戦ですけど」

当然といった様子の返事をしたタクマに、コラルは思わず大きな声を出してしまう。

「そんなのは見ればわかる！　私が言いたいのは動きがありえないだろうということだ。なんだあの動きは？　速すぎて目で追いきれん！　もう何度この問いをしたか分からんが、改めて聞くぞ？　君は世界征服《せいふく》でもするつもりなのか？　君だけでもありえんくらいの戦力だというのに、家族までこれでは……」

タクマはコラルの問いかけに、首を捻る。

「世界征服？　そんなもの面倒ですからごめんですね。あくまでも自衛ですよ、自衛。自分自身を守るため、そして大事な家族を守るためには力が必要なんです」

コラルはタクマの言葉を聞き、こう理解した。規格外なタクマの家族でいるためには、それに見合う力が自分たちも必要だ。そう家族たちは考えているのだろう。

家族たちに何かあった場合、タクマは全世界を相手にしても喧嘩を売るはずだ。家族を失うようなことがあれば、タクマの心は壊れてしまうだろう……それほどまでにタクマにとって家族は大切なものなのだ。

コラルが納得している横で、模擬戦を見ていた兵たちはショックを隠せずにいた。

「嘘……だろ……？」

「俺らアレに交ざるの……か？」

「む、無理だ……」

手を握りしめ、実力の差に打ちのめされる兵たち。

その様子に気付いたコラルは不安を抱く。先ほど自信満々に「兵たちはヤワではない」と言いきった手前、タクマに失望されないかと冷や汗が出てくる。

（うーん、このままだと駄目だな……だったらどん底まで落とすか……）

兵たちの自信喪失を心配していたタクマだったが、兵たちを見て、もっと自信を喪失させた方がいいのかもしれないと方針を変えた。そのことによって兵たちが悔しさを感じ、強くなりたいと奮《ふん》起《き》してくれると考えたからだ。

「お前たちはコラル様から俺の家族が強くなったとあらかじめ聞いていたんだろう？　なぜ落ち込むんだ？　ショックを受けるのは『自分は一般人である俺の家族たちよりは強いだろう』という驕《おご》りからか？」

タクマの言葉は兵たちにざくざくと突き刺さっていく。兵たちは、もはや反論すらできないくらいに落ち込み、大《だい》の大人が涙を浮かべて俯く。そして手を強く握りすぎて血が滲むほどに悔しさが湧き出てくる。タクマの言葉で、彼らのプライドは砕《くだ》け散っていた。

タクマは厳しい言葉をぶつけながら、兵たちの様子をしっかり見ていた。最初はショックを受けて自信を失うだけだった兵たちは、タクマの厳しい言葉で奮起している様子だ。

「悔しいか？　悔しいよな。ここまで言われて。だが認めろ。自分たちは強くないと」

タクマの口調が変化したのを感じ、兵たちは顔を上げる。彼らの目に映ったのは、まっすぐに自分たちを見据え、微笑むタクマの姿だった。

「今お前たちに必要なのはプライドじゃないだろ。そんなものはゴミだ。強くなるために一番必要ないものだ。必要なのは湧き出る悔しさ、強くなりたいという渇望《かつぼう》、そして誰かを守りたいという確固たる意志だ。強くなければ守れない。だったら強くなれ。そのために来たのだろう？　トーランの人たちを守るために強くなりたいと考えれば、お前たちのプライドなど不要だろう？　俺はそれを分からせたかったんだ。俺は家族を守るためならどんなことでもする覚悟がある。必要ならば土下座もするし、神にすら敵対し抗《あらが》う気概がある」

そんなタクマの言葉は、兵たちの気持ちに変化を与えた。

「俺たちは、強くなれるんだろうか……？」

絞《しぼ》り出すような兵の言葉に、タクマは首を横に振る。

「迷いはいらないんだよ。強くなるという確固たる意志を持て。過程が地獄だろうが目的を達する意志、必要なのはそれだけだ。俺の家族はみんなできたぞ？　お前たちはどうだ？　できないなんて言わないよな？」

タクマはニヤリと笑って兵たちを挑発した。

兵たちは一斉にヒートアップして声を上げる。

「やってやる！」

「強くなるんだ！」

その一言にタクマは満足げに頷く。

「よし。じゃああんたたちには、本気の鬼ごっこをしてもらう」


そして、しばらく経った。

「ば、馬鹿な……」

「勝負にすらならないなんて……」

トーランの兵たちは、タクマの子供たちと鬼ごっこを行った。しかし、結果は散々だった。

子供たちが逃げれば一瞬で見失い、逆に子供たちが追う立場になると一分も掛からず捕獲される。

しかも相手をした子供たちは汗一つかかず、息も乱れていない。兵たちとの鬼ごっこが物足りなかった様子で、ヴァイスたちと遊び始めてしまった。

それを見た瞬間、いくら才能のある子だとしても、鍛えている自分たちに分があると思っていた兵たちの甘い考えは砕け散った。

悔しそうに拳を握る兵たちだったが、絶望し諦めるというようなことはない。敗北に打ちのめされてはいるが、その目は死んでいない。

「……我々がタクマ殿のご家族に追いつくには……いや違うな……トーランを守る力を得るためにはどうしたらいい。何をすれば力を得ることができるか教えてほしい」

「我らは強くならないといけないんだ。トーランの盾として！」

負けてもなお、兵たちは力を欲した。そして頭を下げながらタクマに教えを乞《こ》う。

「その思いは、全員同じなんだな？」

タクマは嬉しそうに笑いながら、兵士たちに覚悟のほどを問いかける。

兵たちは全員が真剣な眼差しをタクマに向け、再度頭を下げる。

「どうか我々に力を。そして、タクマ殿のご家族と同じ力を得る方法を教えていただきたい。もし万が一、力を得た我々が誤った行動を取ったその時は……我らを倒してください」

兵たちの言葉を聞き、タクマは優しく笑い、頷く。

「……分かった。力を得ようとする覚悟、悪用した時の覚悟、確かに受け取った。そこまでの思いがあるのなら、願いを叶えてもいいんじゃないかと俺は思う」

それを聞いて表情を明るくした兵士たちに、タクマが問いかける。

「で、だ。ここからが本題だ。君たちもコラル様から聞いて、俺の家族に魔族が増えたことは知っているな？　家族たちが得た力はその魔族のおかげだ。だから確認させてもらう。お前たちは種族に偏見はあるか？」

兵の一人が困惑しながらも、自分の意見をしっかりとタクマに伝える。

「そうですね……私は歴史を学ぶ過程で人族以外に対する差別意識のようなものを持っていました。ですが今は、その意識はないです。種族で人を判断するのは間違いなのだと考えています」

他の兵士たちも先入観はあったが、トーランで様々な種族と接するうちに、種族ではなく、人となりを重要視すると決めたと断言した。

兵たちの言葉を聞き、タクマは嬉しくなる。

コラルはタクマの考えに賛同し、トーランに様々な種族を受け入れることを選んでくれた。しかしコラルに従う兵たちが賛同してくれるかには、多少の懸念を持っていたのだ。すでに持っている考えを変えるのはなかなかに難しいからだ。

だが兵士たちが自らの経験から結論に至り、差別的な考えを変えたという事実が喜ばしかった。

タクマは彼らにならい、キーラたちを紹介してもいいだろうと考える。

「そうか……君たちからその言葉を聞けて俺は嬉しい。差別意識のある者には力を与えたくなかったんだ」

タクマは近くに待機させていたキーラに念話を送った。

実はタクマは、器合わせを行うかどうかについては、キーラたち魔族が兵士たちの態度を見て判断するようにと事前に伝えていたのだ。

（キーラ、聞いていたか？　兵士たちの話はどうだった？）

（聞いてたよー。でもちょっとびっくり……みんな嘘偽《うそいつわ》りなく差別意識はないと言ってたね）

キーラは驚きを隠せない様子で答える。

（いやー、よかった。人も捨てたものじゃないんだね。種族じゃなく、本人と接して判断すると言ってくれるなんて）

キーラに続いてディオも言う。

（これまで人族のほとんどが、魔族は悪しきものだと考えていると思っていたが……タクマさんやご家族だけが違うと考えていたのは早計だったのだな……）

兵士たちの言葉は、キーラたちの考えにも変化を与えていた。

そしてキーラたちは、考えを固める。

（ねえタクマさん。僕はあの人たちに器合わせをしてもいいかなって思う。あの人たちがいる町なら、今は無理でもいつかは……僕たちでも溶け込めるような気がする）

（そうか。トーランならキーラたちを、きっと普通に受け入れてくれると思うぞ。魔族たちみんながいいと思うなら、出てきて兵たちに答えを伝えてくれ）

タクマの呼びかけに応えて、キーラたち魔族が兵士の前に姿を現した。

「初めまして。僕はタクマさんのところでお世話になっているキーラです」

そんなキーラの丁寧な挨拶を受け、兵たちも深く頭を下げる。

「はじめまして。我らはトーラン守備隊の隊長です。お力添えのほどよろしくお願いいたします」

キーラは兵たちの態度から、魔族への偏見のなさを感じ取った。そして兵たちに、自分の口から気持ちを伝える。

「僕たち魔族は……先ほどまでの皆さんの言葉に嘘はないと感じました。そして実際に僕らに接しても、皆さんの態度はまったく変わらなかった。だから……だから僕たちは皆さんに協力したいと思います」

キーラの言葉に、兵たちはホッとした表情を浮かべる。

そんな兵たちに、キーラは器合わせの注意事項を伝えていく。

「じゃあ、これから器合わせという儀式を行うね。これによって、自分の潜在能力を高められるんだ。だけど能力が覚醒した後の違和感に慣れるには、長い時間が掛かると思ってほしい」

兵たちはその言葉を聞き、頷いた。そんなに簡単に強くなれるとは最初から思っていないのだ。

兵たち全員が注意点をしっかりと理解したところで、キーラが改めて声を掛ける。

「じゃあ、始めるからね。体にも負担がかかるけど、覚悟してね」

こうして兵たちの器合わせが始まった。

ちなみにタクマとコラルで話し合い、事前に器合わせを受けるのはこの場に来ている隊長たちだけとし、他の兵たちはそのままにすることに決めてある。過剰な武力を持つことは、他国に危機感を抱かせることに繋がりかねないからだ。


そして器合わせが終わったすぐ後のこと。

「嘘だろ⁉　あの子たち、どれだけ強いんだよ！」

「クソ！　追い込まれてるぞ！」

兵たちは覚醒した力に慣れるためと言われ、湖畔の森で子供とサバゲーのような訓練をしていた。

今回は相手を捕らえることができた方が勝ちというルールだ。

器合わせによって向上した能力があればどうにでもなると思っていた兵たちだったが、子供たちの姿を見失ってしまっている。

「どこにも見当たらないぞ……だがすさまじい威圧だ……」

兵たちには、子供たちの居場所が把握できない。しかし子供たちの魔力の気配と、自分たちの動きをすべて観察されているのは感じ取れた。

「……あの子たち、どこでこんな隠密《おんみつ》技術を⁉」

「追い込んでいるつもりが、いつの間にか追い込まれてるぞ！」

混乱し大きな声を出す兵たちの様子を、子供たちは木の上からのんびりと眺めていた。

(ねえ？　もうつかまえちゃう？)

(だめだよ。カイルおじちゃんたちはできるかぎりおいこんでっていってたじゃん)

子供たちはハンドサインで相談を交わす。暗部にいた家族からかくれんぼの極意《ごくい》として教えてもらった、声を出さずに意思疎通する方法だ。

実は子供たちは、元暗部のカイルたちに指示された方法で戦っていた。兵士たちに、ルールに従った非実践的な戦法が染みついているのを分からせるためだ。

(せっかくにげられないようにとりかこんでるのに~……じゃあ、あみをあけてつかまえる?)

(うん、そうだね)

兵たちの周りに威圧を行っていた子供たちは、その包囲網《ほういもう》の一部を緩める。

「!! 気配が途切れた!? ここを抜けて態勢を立て直すぞ!」

子供たちの意図に気付かない兵たちは、馬鹿正直に作戦にひっかかり、捕まえられてしまった。

◇ ◇ ◇

「あー……もう終わりか……あっけない……」

タクマと一緒に魔法で上空へ飛んでいたコラルは、自分の兵たちの負けを見て肩を落とした。結局コラルの兵たちは、子供たちに手も足も出ないままで一日が終わってしまった形だ。

「タクマ殿……君はこの結果を見てどう思った?」

コラルに質問され、タクマは自分の考えを伝える。

「うちの家族は生存率を高めるために、どんな汚い手を使ってでも窮地《きゅうち》を脱する覚悟を持っています。でもコラル様のところの兵士たちは違います。そういったズルいところがない。汚い手を使うくらいなら正々堂々死んでみせる……逆に言えば、実戦に挑んで生き残る覚悟が足りないといったところでしょうか」

コラルは自分の兵たちと、タクマの家族たちとの実力の差にため息を吐く。

「タクマ殿の言っていることは理解できた。兵たちにはこう言いたいのだろう？『何かを守りたいのなら泥を啜《すす》ってでも力を得ろ。力がなくばそれはただの綺麗事だ』と……彼らが負けた理由、それして足りないもの。よく理解できた」

コラルは今後も湖畔で兵たちの修練をさせてほしいとタクマに頼む。

タクマはそれに快く応じ、これからは元暗部のカイルに訓練を任せることにした。

「タクマ殿。合同訓練をしてもらい、本当に助かった。今日はこの辺で戻らせてもらう」

「いえいえ、お気になさらず」

コラルはタクマと固く握手を交わすと、落ち込む兵たちを引き連れてトーランへ戻っていった。

◇　◇　◇

タクマたちが合同訓練をしているのと同じ頃。

王城の広間で、パミルたちの会議が終わろうとしていた。会議の内容はもちろん、トーランの独立についてである。

宰相であるノートンが、会議での決定事項を改めて確認する。

「ではトーラン……いえ、コラル殿が治めていた領地に関しては、王国から独立させるということでよろしいでしょうか？」

会議の途中から、独立させるのはトーランを含むコラル領全体の方がよいという方向で、話が進み始めていた。このためノートンは念を押す意味で、再度尋ねたのだ。

ノートンの言葉に、まず賛同を示したのはパミルだった。

「うむ……それで問題ない。将来のことまで考えるのなら、コラルの領地全体を独立させても損はない。コラルは善政を敷いていた領主で、領民からの信頼が厚い。もしトーランだけを独立させてしまえば、反発が大きいだろうからな」

パミルのしっかりとした意見に、貴族たちは感心した様子で頷きながら聞き入っていた。

そこで、パミルは貴族たち一人ひとりの顔を見まわし、彼らの意思を確かめるように尋ねる。

「タクマ殿が王国にもたらした恩恵はとても大きい。王国の危機を救い、王家を救った。更にはタクマ殿が始めた新しい商売のおかげで、経済も発展しつつある。そんな彼から貰った恩は、到底金銭などで払いきれるものではない。ならばタクマ殿の望みにできる限り応えるのが当然であろう……よって、トーランをはじめとしたコラル領の独立については、全員が賛成ということでいいな？」

「「「はい！」」」

王であるパミルの言葉に、全員が大きな声で賛同する。

パミル王国にとっては重大な決断であるが、パミルは貴族たちの顔を見て、彼らが覚悟を持ってこの答えを出していることを感じた。

ここにいる貴族たちなら、どんなに厳しい仕事を任せても問題ないだろう。そう考えたパミルは、早速彼らに指示を飛ばす。

「これから各国にはすぐに使いを出し、独立についての正式な宣言を行う。おそらく反発をしてくるところもあるだろう。だが！　王国は一歩も引かん！　自国民の幸せのためには引いてはならないのだ。お前たちにはこれから大変な仕事が待っている。だが完遂《かんすい》するのだ！　我が王国の民のために！」

「王国のために！」

「民のために！」

「繁栄を！」

パミルのかつてない決意の言葉に、貴族たちもやる気に満ちた声を上げる。

すさまじいまでの熱量に包まれた会議の中で、トーランを含めたコラル領の独立が、満場一致で可決されたのだった。

The Record by an Old Guy in the world of Virtual Reality Massively Multiplayer Online
とあるおっさんのVRMMO活動記
1~27
椎名ほわほわ
Shiina Howahowa
アルファポリス第6回ファンタジー小説大賞読者賞受賞作!!
累計150万部突破の大人気作
(電子含む)
ついに
TVアニメ化決定!!!
コミックス1~10巻好評発売中!
超自由度を誇る新型VRMMO「ワンモア・フリーライフ・オンライン」の世界にログインした、フツーのゲーム好き会社員・田《た》中《なか》大《だい》地《ち》。モンスター退治に全力で挑むもよし、気ままに冒険するもよしのその世界で彼が選んだのは、使えないと評判のスキルを究める地味プレイだった!
——冴えないおっさん、VRMMOファンタジーで今日も我が道を行く!
1~27巻 好評発売中!
とあるおっさんのVRMMO活動記
椎名ほわほわ
現実じゃ冴えない会社員
でもVRMMOの中では
名うてのスキル職人!?
ネットで人気爆発!
第6回アルファポリスファンタジー小説大賞読者賞受賞作、待望の書籍化!
各定価:1320円(10%税込) illustration:ヤマーダ
とあるおっさんのVRMMO活動記 1
現実じゃ冴えないおっさんが料理生産から冒険までVRMMOで大活躍!!
大人気ファンタジー待望のコミカライズ!!
18万部!!
漫 画:六堂秀哉 B6判
各定価:748円(10%税
アルファポリスHPにて大好評連載中
アルファポリス 漫画 検索

俺はとある王国の第三王子、アルス。前世は草臥れたサラリーマンで、過労死した後に異世界転生を果たした。この世界では神様が人々に天職を授けると言われており、王族ともなれば【軍神】【剣聖】とエリートな天職を得るのが常だ。しかし、俺が授かったのは、なんと【牧場主】。父親に失望された俺は、辺境に追放されるのだった。一見お先真っ暗のようだが、のんびり暮らしたかった俺にとってはむしろ好機。新しく使えるようになった牧場魔法は意外に便利だし、ワケありクセありな奴ばかりだけど、領民(労働力)も増えていくし……あれ? もしかして念願のスローライフ、始まっちゃった?

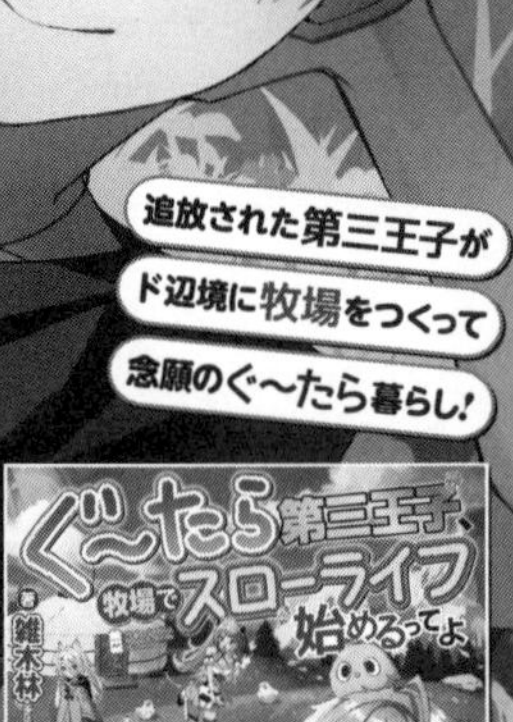

◉定価:1320円(10%税込) ◉ISBN:978-4-434-31746-0 ◉Illustration:ごろー*

この作品に対する皆様のご意見・ご感想をお待ちしております。

おハガキ・お手紙は以下の宛先にお送りください。

【宛先】

〒150-6008 東京都渋谷区恵比寿 4-20-3 恵比寿ｶﾞｰﾃﾞﾝﾌﾟﾚｲｽﾀﾜｰ 8F
（株）アルファポリス　書籍感想係

メールフォームでのご意見・ご感想は右のＱＲコードから、
あるいは以下のワードで検索をかけてください。

アルファポリス　書籍の感想　検索

ご感想はこちらから

本書はWeb サイト「アルファポリス」（https://www.alphapolis.co.jp/）に投稿されたものを、改稿、加筆のうえ、書籍化したものです。

異世界《いせかい》に飛《と》ばされたおっさんは何処《どこ》へ行《い》く？ 14

シ・ガレット

2023年3月31日初版発行

編集－田中森意・芦田尚
編集長－太田鉄平
発行者－梶本雄介
発行所－株式会社アルファポリス
〒150-6008 東京都渋谷区恵比寿4-20-3 恵比寿ｶﾞｰﾃﾞﾝﾌﾟﾚｲｽﾀﾜｰ8F
TEL 03-6277-1601（営業）　03-6277-1602（編集）
URL https://www.alphapolis.co.jp/
発売元－株式会社星雲社（共同出版社・流通責任出版社）
〒112-0005 東京都文京区水道1-3-30
TEL 03-3868-3275
装丁・本文イラスト－岡谷
装丁デザイン－AFTERGLOW
印刷－中央精版印刷株式会社

価格はカバーに表示されてあります。

落丁乱丁の場合はアルファポリスまでご連絡ください。

送料は小社負担でお取り替えします。


ISBN978-4-434-31751-4　C0093